宣戰角頭

警察執勤中

顏瑜——著

推薦序／你正進入一個真實且熱血的「平凡英雄」世界觀

文／提子墨

顏瑜，其實並非剛出道的新人作家，大約在兩年前就曾在秀威資訊出版過奇幻小說《這個夏天，我碰上了蛙靈》，以充滿天馬行空的奇幻歷險劇情，傳達了台灣人對鄉土的情懷與環境保護的覺醒。其後也以激勵人心的情節，寫出了如百老匯舞台劇《金池塘》（On Golden Pond）般，關懷台灣長者養護與被詐欺問題的長篇小說《老年維特的煩惱》。

大多數的人對他的形容詞是文筆流暢樸實，但當你細讀他的遣詞用句時，更會發現他筆下的自信，那種每一句對白都那麼恰到好處，多一個字或少一個字就可能沒那麼對味的精鍊感。他寫過奇幻小說、職人文學、關懷長者與大自然的題材，當時總覺得他還在練筆或摸索自己的風格吧？

直到，他將小說創作的調性轉型為職人「警察小說」，整個人的筆調與角色們的靈魂也彷彿跟著活了起來！或許是找到了以自身的警界經驗來發想劇情的創作密碼，所創造出來以「王碩彥」為首的警界世界觀，充滿著我們日常生活中所熟悉，那些既真實又平凡的管區警員形象。

原本以為只是獨立故事的長篇小說《403小組，警隊出動！》，卻在意料之外展開了以老鳥警官王碩彥為主角的新小說《警察執勤中：正義的代價》，短短幾個月又趁勝追擊推出了《警察執勤中：宣戰角頭》，這一套以台灣基層警察為主角群的系列小說也終於成形！

從顏瑜的創作軌跡中，可以發現他是個非常關注社會議題的作家，他的小說中有弱勢族群、環保議題、毒品走私，與司法界的賄賂醜聞。直到新作《警察執勤中：宣戰角頭》中，王碩彥所要周旋的卻是盤踞於老樹頭的惡龍家族，在地方上對派出所小警員們極盡刁難之能事的惡霸勢力。

當民眾的聲音只剩下有錢有勢的地主鄉紳，何謂正義？當事實與證據可以一手遮天淪為操作，何謂真相？初出茅廬的派出所新任所長柳定宇、總能洞悉黑白兩道生態的副所長王碩彥，和一群看似散沙的小警員們，有時還搞出窩裡反的牆頭草行徑。

但是，當他們共同面對如幫派般政商關係盤根錯節的惡龍家族，企圖以惡勢力操控與壓制當地執法小單位，王碩彥與同儕們除了必須見招拆招，更深知唯有一次次將層級不斷地拉高，地方惡龍的所作所為方能被公諸於世見光死！那也是閱讀這本小說最令人血脈賁張與大快人心之處。

撰寫馬丁・貝克系列雙作家之一的派・法勒（Per Wahlöö）曾提及——「我們之所以會撰寫一套以斯德哥爾摩中央調查局的警政署團隊為主的犯罪小說，就是希望能將那些小說視為一把手術刀，一刀刀開腸剖肚，展現所謂的資本主義福祉，在思想上的貧乏與道德上的爭議。」因此，讀者可從他們的小說中見識到當時瑞典的貪腐與黑暗，除了潛藏於社會底層的毒品、謀殺或盜竊，還有瑞典警員們在國家機器中備受壓迫的無奈。

無論是上世紀的六〇年代，或二十一世紀的今天；無論是曾經的瑞典國情，或今日的台灣政局，能大膽將社會與政治的議題帶進小說之中，將所見所聞在虛構的情節中不落痕跡展現於讀者眼前，讓他們細細地去咀嚼與思索，不僅僅是對時局投下了充滿問號的水漂兒，也是對個人寫作上的一種挑戰。

顏瑜的文筆相當精湛，人物設計上也活靈活現各有特色，警員之間流暢緊湊的對白，更令人感受到派出所內充滿真實感的日常。他，是一顆冉冉上升且不容小覷的警系犯罪小說作家！

作者簡介／提子墨，小說作家、書評人與翻譯。台灣、英國與加拿大犯罪作家協會PA會員。2018年以《幸福到站，叫醒我》參展德國「法蘭克福書展」台灣主題館、第四屆「島田莊司推理小說獎」決選。目前為《詭祕客Crimystery》犯罪文學專刊簽約作家，曾任「博客來偵探社」選書人、OKAPI與東森新聞簽約專欄作家。

目次

第一章

這是一片陰雨綿綿的山，全年四季沒有幾日好天氣，背靠卓蘭群峰，面向著一個小村寨，乍看是鬱鬱蔥蔥、生活愜意，但只有生活在當地的人才知道，「三天雨不斷、五天衣不乾」的那種惆悵。

王碩彥站在窗邊，眺望山下的風景，他不是在欣賞，他在等人。

這是一間叫石坑的派出所，他是這裡的副主管，也就是副所長。就如其名，石坑派出所地處偏僻，面前的村寨像個石坑，在山峰中形成一個凹陷的小盆地，那是他們主要的管轄區域，後面再過去就是中部橫貫公路了，杳無人煙，直通更加偏僻的梨山。

石坑派出所隸屬於台中市的東勢分局，編制只有五人，包含正副主管，屬於「值宿所」，也就是晚上鐵門會拉起來，打烊關門，只被動受理緊急案件的派出所，一邊「值班」，一邊「夜宿」的派出所。

王碩彥年近四十，不是當地人，在當地的警察中也不算資深。像這種偏遠山區的派出所，多半是當地人擔綱，一般人不會無緣無故想來這種派出所，雖然事情少，但交通不便、離家遙遠、生活無聊，只有過上半養老生活的警察才會來這裡，準備退休。

石坑派出所的平均年齡落在四十幾左右，王碩彥忘記具體是幾歲，反正比自己還大。別看好像很年輕，但五個編制人員中，有兩個人未滿二十五歲，平均年齡卻能到四十歲，可想其他人都年近五十五歲，即將退休了。

王碩彥在這裡可算是年輕的了。

「副座。」此時門外有人呼喊。

「嘿，怎麼了？」王碩彥頭也沒回的問道，他憑聲音就能認出對方是這裡年紀最小的那位警員，被稱作小簡。

「地都掃完了。」小簡向他報告道。

「掃完了嗎？」王碩彥心不在焉的回答，一面望著窗外：「那順便拖一下，讓所長回來看了高興。」

「好。」

小簡應完就離開了，他只有二十三歲，剛畢業就被調來石坑所，從警滿一年不到兩年，堪稱是這裡最年輕的「小鮮肉」。

但還有一個比他還年輕的，二十二歲，也是剛畢業就被調來石坑所，從警還不到三個月。但他跟他們不一樣，他不是警員，是警官，而且是這裡最大的人，也是王碩彥在等的人——

他就是石坑派出所的所長，叫做柳定宇。

「嘖嘖，未免也太久了？」王碩彥盯了會時鐘，叨唸了幾句。

他身為副所長，正在等所長柳定宇歸來。

時間是下午四點，柳定宇十二點吃飽飯後就自己一人前往東勢分局開會了。從山上到山下，看似路途遙遠，其實不過就三十分鐘車程，若有待過更偏遠的地區，就會知道三十分鐘根本小事一樁。

但王碩彥有點擔心，這所長三點多就該回來了，怎麼四點還不見蹤影，該不會出了什麼差錯吧？他就像媽媽一樣擔心，畢竟柳定宇才二十二歲，雖貴為所長，但在場除了小簡外，哪一個當他爹當不過去？王碩彥擔心柳定宇開車撞車，就和所有當爹的一樣，他知道對剛拿到駕照的人來說，開山路是很危險的。

中午那時，王碩彥原本要開車載他去，但柳定宇脾氣很拗，堅決說不用。

柳定宇調查過，他知道所謂的「官架子」在東勢分局幾乎是不存在的，這裡有很多退休老警員，都是大前輩，沒有人會鳥你，當你的司機替你開車。除非你是分局長，有專用駕駛，否則別想拿城市那套「官大一級壓死人」來這邊說嘴。即使是分局長，也鮮少敢對當地的老警察擺什麼臭架子。

而且柳定宇才剛畢業，對派出所裡的每個人都很尊敬，不會讓他們開車載他，姑且不論是不是誠心的，二十二歲的年輕人，要當所長還是有點太勉強了。

「報告副座。」此時，小簡的聲音又響起：「地也拖完了。」

「好。」王碩彥這才轉頭，正眼看向他：「你打電話給所長，問他怎麼還不回來，」

「遵命。」

王碩彥走出了所長室，冒著小小細雨，撐著傘來到陽台，抽菸。

石坑所人少，房子也小，只有三層樓。一樓是值班台和民眾報案區；二樓是所長室和倉庫，並不存在副所長室，他們共用一個辦公室；三樓則是宿舍。

王碩彥和其他石坑所的警員，都不住在派出所，他們不是住山下那個村寨，就是住更遠一點的自己老家，宿舍只有所長一個人住而已。

宿舍已荒廢多年，亂七八糟的，床架子鏽的鏽、塌的塌。三個月前，還是柳定宇自己整理的，才勉強弄成一個可以睡覺的地方。

王碩彥在石坑所當副所長超過七年了，他還是第一次見到有人住三樓宿舍。這七年間換過四個所長，第一個是當地人，待最久，待到退休才換人；後來的三任所長都待不到一年就走了。

這倒也不蹊蹺，只要不是當地人，都多半忍受不了這裡的環境，太無聊、太沉悶，景色雖優美，看了也煩，時間一到，能調走就調走。

這柳定宇應該也差不多吧，他不是東勢人，王碩彥猜想，他大概熬不過一年，就會因各種理由自願請調了。

至於為什麼二十二歲可以當所長，這就說來話長了。

一般來說，剛畢業的警官有九成九都會被派任到內勤跑腿學習，鮮少有人一落地就可以當主管的。第一是違背倫理，你要當主管，也得排在其他人之後，不能插隊；第二是從根本上就完全不合理，你才剛畢業，連點屁經驗都沒有，當什麼主管啊？

現今存在兩種說法，有人說柳定宇有靠山，是被某位警界高層介入，才會在東勢這小地方勉強挪出一個主管職給他；另外則有人說，柳定宇是被派來當砲灰的，因為石坑所是個燙手山芋，懂內情的人，基本上不會想來當主管，所以分局才勉強派一個菜鳥來接手。

王碩彥兩種說法都信，但更信後者，因為，他們石坑所確實就不像表面上那麼悠閒平靜，而是暗潮洶湧、深不可測，否則也不會在兩年內嚇跑三個所長。

「報告副座。」此時，小簡的聲音又傳來了，殷勤的像隻小狗，有什麼事完成了就來回報：「所長說他在路上了，快回來了。」

「有，我看到了。」王碩彥撐著傘抽菸，瞇著眼說道。

遠方山路彎彎，冒出了一台警車，細雨中車燈閃爍，沒開紅藍警示燈。

那不會有誰，就只有柳定宇了，除了石坑所的人，不會有其他人到這個山頭來。王碩彥看著那警車緩慢行駛，低於一般速度，推估大概還要再十五分鐘，才會抵達這裡。

「哦，所長自己開車嗎？」小簡湊了過來，躲在王碩彥的傘下跟著往下俯瞰：「怎麼不叫我載他呢？」

「他不會給你載的。」王碩彥淡定說道，覺得這兩個年輕人根本上是一樣的，血氣方剛：「他也想開車玩玩呢。」

「你怎麼知道我也想開車？」小簡笑著說道：「我都來快兩年了，都沒幾次機會開車。」

「下次巡邏再讓你開。」王碩彥敷衍道。

「副座，你又不排巡邏班給我！而且我們也根本沒有巡邏路線！」

石坑所這小小的派出所實際上是沒有巡邏班的，他們屬於被動性質的單位，有人報案才會處理，不會主動出擊。台面上所設置的巡邏箱也只有兩個而已，千百年沒人去簽過了，難得有老學長說要巡邏，其實也只是想開車兜兜風罷了。

一般老學長都在泡茶看電視，他們在這片山長大，生在這裡，將來也會死在這裡，沒什麼好巡邏的。

「你去把二樓窗戶關起來，雨要變大了。」王碩彥交代道，抽完了兩根菸，也準備下來。

「收到！」

石坑所之所以不建在村寨裡，而佇立於這半山腰上，是因為，他們後方還有一小塊轄區要照顧；東勢有大半片的山都是果園，果園種梨子、蘋果，而在這大片層層遍布的果園中，有一座輝宏的廟宇，就座落在石坑所後方。

石坑所後方是一片山壁，山壁上有座灰紅色調的大廟，落雨時看起來是灰的，天晴就顯紅，一磚一瓦都可追溯到日治時期。

廟宇是地方鄉紳「楊家」所有，楊家原本是種茶葉的，後來成為果農盤商，統治著這片山的水果產業。收穫旺季時，卡車會一台一台上來，將滿山遍野的水果都載走，連空氣都會瀰漫著燃油臭味，堪稱石坑所的小奇景。

楊家的根據地就是那座廟宇，它雖立於山壁，但卻有大柏油路直通裡面，不只電線桿，連網路線都有。在山壁切面，腹地廣闊，楊家建了兩座三合院，但現在都還有住人，屬於石坑所的管區。

而且，楊家的廟是這地方上的信仰中心，香火鼎盛，果農都會來拜，要說派出所面前的凹坑是大村寨，那後面的楊家就是小村寨了。每每有新任的分局長上台，也會找時間來拜一下，聽說很靈驗。

然而楊家的廟並不是我們常見的「陽廟」，而是「陰廟」。所謂「陰廟」，拜的就不是正神，不是媽祖、聖母娘娘、關公等等，它拜的是一位叫「樹頭公」的神祇。

「我回來了。」很快的，一陣低沈的聲音在王碩彥身後響起。

柳定宇回來了，走進了所長室，脫下遮雨的帽子，往走廊甩了甩，小簡剛拖完的地，就這麼被一腳踩上，踏出泥濘，但柳定宇顯然毫不在意這些的，也沒注意到這些。

王碩彥站在窗邊，看著底下剛被柳定宇停得整整齊齊的警車，頭也不回就問道：「這次開會分局長有說什麼嗎？」

「沒有，就是普通的週會。」柳定宇簡短的回答道。

小簡二十三歲，柳定宇才二十二歲，但王碩彥對柳定宇說話的樣子和對小簡完全不同，他能叫小簡拖地，但對柳定宇，卻完完全全只能平級對待。

這和柳定宇是否為所長無關，柳定宇帶有一種天生的領導氣質，是個正經的人，王碩彥沒見過他笑，自從來到石坑所，柳定宇就沒有懈慢過，當初，他只花了兩個小時的時間，就將石坑所和其他轄區接壤的路名與山線座標背得清清楚楚，著實讓王碩彥大開眼界。

「那你有向分局長提到那件事了嗎？」這時，王碩彥才轉過身來，和柳定宇對上視線。

柳定宇已經坐在所長位上，拿出一疊從分局帶回來的公文，合著公文架上的所內公文，當即進行批示。他雙眼矍爍，皮膚白皙，微微的朝天鼻帶著一股盛氣凌人，很難想像他和小簡那樣輕浮胡鬧的孩子只差一歲，而且，他還是較小的那位。

或許這就是警官和警員的差距吧，王碩彥偶爾會這樣想道，他們所受的教育是不同的。王碩彥雖然貴為副所長，但其實也只是警員，在這種偏僻轄區，人手不足，資深警員代理副主管職務的現象是普遍存在的，但最多也就到這一層級而已，再升上去是不可能了。

所謂鐵打的衙門，流水的官，副所長就是那鐵打的衙門，所長們來來去去，終究會升遷，而他王碩彥永遠都在這裡，不是正在輔佐所長，就是正等待著輔佐下一任所長。

「沒有。」柳定宇回答剛才王碩彥問的問題，臉色瞬間就沉了一些：「連靠近都不讓我靠近，找不到機會說話。」

「連靠近都不讓你靠近？」王碩彥故意問道。

「對，開會完就匆匆走了，分局長室也沒看到人。」柳定宇不滿的說道。

柳定宇有要事想稟報分局長，但分局長卻躲著他，這很正常，深諳這裡城府水位的王碩彥在心裡笑道，柳定宇一直到了上個月，才發現自己被排擠了。

東勢分局總共有十一個派出所，和十幾餘個處室，沒有人想理會這樣一個二十幾歲的小鬼，而柳定宇卻一直後知後覺。

「我就說帶上我一起去了。」王碩彥藉機挫挫柳定宇的銳氣：「我去的話，再怎麼樣也能和分局長說上話的。」

柳定宇假裝沒聽到，繼續批著公文，如同往常一樣不理會王碩彥的冷嘲熱諷，脾氣跟牛一樣倔強。

「那你打算怎麼辦？」王碩彥將話題繞回原處。

石坑所最近治安不太好，轄區內的果園正值嫁接期，最是繁忙，卻有賊趁夜偷走了只有這個時節才會出現的嫁接工具，讓果農很是煩惱。

這禮拜加上上禮拜，總共發生了三起失竊事件，但山裡人是不報案的，就算報案，以石坑所的力量，加上滿山遍野都沒有監視器，根本抓不到小偷。

山裡人有山裡人的處理方式，這村寨就這麼大而已，東西是誰偷的大夥兒心裡都有個數，不外乎就是那幾個無所事事的混混和流氓而已。

然而柳定宇卻不滿於此，新官上任三把火，他當即就打算重啟那兩個萬年沒人去簽過的巡邏箱，並向分局長申請新的巡邏箱，以增強巡山力度來遏止歹徒。但分局長不理他，不僅僅在公用信箱沒有回復，連見面的機會都不給他。

這群官就是這樣，你的轄區亂那是你家的事，出了竊案就怪你，偏偏不給你一丁點資源，等到你出大事了，再藉機把你踢掉。這甚至稱不上什麼陰謀，就純粹是看你不順眼罷了。

「分局長不批示，那我們就自己立巡邏箱吧。」柳定宇打定主意的說道，反正巡邏這種事，本來就是自由心證，立了巡邏箱也不見得會有人去巡邏，反之若真要巡邏，也根本不需要巡邏箱：「你說我們要多新增幾個點比較好，副座？」柳定宇問道。

王碩彥嘆了口氣，提醒他：「你就算釘了巡邏箱，同仁也不會去簽的。」

「那沒差。」柳定宇嘟囔道：「就我自己簽。」

石坑所共五人編制，對柳定宇來說，不僅分局的長官對他不友善，派出所的人也都不聽他的話。這裡就是一個養老院，除了小簡外，隨便一個人，光歲數就能把他一屁股坐死，根本是叫不動的。

柳定宇來了三個月，已經習慣了這件事，小簡和王碩彥都是對他比較好的，有時候這兩個人放假不在，便會發生柳定宇一人在派出所掃地，還得卑躬屈膝，麻煩下屬移開桌上的腳丫子這種事。

「你說新的巡邏箱要釘在哪裡好，副座？」柳定宇再次問道。

「就那個唄，山腳路口一個，後山接台8線的地方再一個。」王碩彥不經腦子的隨口回答道，猶記設新巡邏箱這事，好幾年前也曾有其他長官提起過，而在他們石坑這種小所，並不存在什麼治安熱點，要設巡邏箱，就是設在交通路口，簡單且無人會有意見。

「啊？那種地方有什麼好設的？」柳定宇卻不解，然後賣了個關子，突然笑道：「我倒有個好主意，副座，你今天幾點下班？」

「到打烊，晚上十點。」

「那好，等等我們出發，你陪我去設巡邏箱可以嗎？」

「嗯。」王碩彥點頭。

柳定宇一高興，順手將剩下的公文批完，然後就上倉庫，去找那些被淹沒在雜物中的鐵製巡邏箱去了。

王碩彥知道擅自設巡邏箱不會有什麼好事發生的，雖然這是小事，不至於被分局長罵，但肯定會在其他人那裡留下話柄。沒人會喜歡一個標新立異的所長，況且這個所長還是個二十二歲的小鬼，除了是小鬼，還是個外人，完全不懂東勢的規矩。

但王碩彥不阻撓，他就像老貓看小貓玩逗貓棒一樣，等著柳定宇犯錯，犯點小錯若能讓他嚐嚐教訓，總比到時候犯大錯來得好。

「嘖嘖。」王碩彥坐到所長椅上，重新批了一次柳定宇剛批完的公文。他邊批邊搖頭，直接將柳定宇核准的地方劃掉，重批。

批公文在警界，甚至是整個公部門，向來都是副主管的工作，主管只需要了解大事，做出抉擇而已，有的局處甚至會設置二到三個副主管來處理公文，掌管機關印鑑。

柳定宇連這種事都不懂，剛來到石坑所就搶了王碩彥的工作，即使他外表堅強獨立，也掩蓋不了骨子裡是小菜雞的事實，就連小簡，懂的可能還比柳定宇多，至少不會像柳定宇這麼白目，搶他的工作。

王碩彥重新批了所有的公文，裡面夾雜了幾張石坑所同仁的請假單，柳定宇看都沒看就准了，王碩彥卻給他們打了叉叉，駁回。

他才是那個排班的人，誰該什麼時候上班、派出所會不會缺人、誰需要在每個月底的時候「值宿」躲老婆，他一清二楚。排班也是唯一一項，他堅持不交給柳定宇決定的工作。

排班與請假，算是石坑所頭一等的大事，對這些準備退休的老屁股而言，就連警政署長來了，也不比請假問題來得嚴重。俗話說，擋人財路如殺人父母，奪人休假那也差不多，公務員可把休假看得比性命還重要，一秒鐘都不能耽誤。

然而王碩彥還是大方的駁回了幾張請假單，原因很簡單，下禮拜是楊家舉辦「季醮」的日子，那是地方信仰的一個小祭典，到時候會需要警力。這幫老屁股想混水摸魚逃掉這麻煩的勤務，刻意將小小的請假單混在大大的刑事陳報單裡頭，以為柳定宇蓋著蓋著就讓它過了，卻還是躲不過王碩彥的法眼。

「副座，副座。」

「副座！」這時，傳來柳定宇的呼喊。

王碩彥卻沒有回答，他放下了請假單，目光在他剛才不屑一顧的刑事陳報單上頭停住了。

對呀，這可是「刑事」陳報單呀，石坑所有多久沒有台面上的刑案發生了，這怎麼會突然冒出一張刑事陳報單？

「副座。」柳定宇走了進來：「你在忙什麼，我喊你怎麼都沒有回應呢？」

「怎麼了？」王碩彥抬頭問。

「巡邏箱放哪裡？我怎麼都找不到。」柳定宇問道，兩手都是灰塵，還帶了條抹布。

王碩彥不禁怒從心起，一個堂堂的所長，怎麼在這裡就成了給人打掃的差使？雖說這不是誰的錯，也不是柳定宇的錯，但這陣子以來的不滿和彆扭，在此刻全都爆發了。

「所長，你知道這是什麼嗎？」王碩彥舉起手中的刑事陳報單，向柳定宇問道。

「刑事陳報單啊，怎麼了？」柳定宇回問。

「刑事陳報單，代表我們轄區有刑案發生了，你知道嗎？」

「對呀，怎麼了，這不是很常見嗎？」柳定宇依舊不解：「也不是什麼重大刑案啊，只是個竊案而已，我當初在台北實習的時候，每天都有十幾件，送分局不就好了嗎？」

這話倒讓王碩彥愣住了，是呀，刑事陳報單，在警界裡面算是非常常見的公文，只要有刑案發生，就會開立，對應的是民眾手裡的刑案三聯單，怎麼他就這麼激動？

那是因為柳定宇不懂，城裡人隨手就開的刑事陳報單，在石坑派出所就是稀罕，一整年也見不到一張；畢竟，只要有刑案發生，就必須去破案，這是理所當然的，而在「石坑養老院」，哪允許破案這種麻煩工作出現呢？

「不，所長，你不懂……」王碩彥有些凌亂，是，柳定宇說的沒錯，刑事陳報單對警察來說是家常便飯，但在本末倒置的石坑所，並不是，這張刑事陳報單就是顆炸彈：「有人要搞你好嗎，所長！」王碩彥當即說道，將那張陳報單拍在桌上。

「啊？搞我？」柳定宇納悶。

「有刑案就得破案，你覺得這個派出所會有人幫你破案？」王碩彥敲著那張陳報單說道，和柳定宇大眼瞪小眼。

「破不了，會被罵嗎……？」柳定宇問道，語氣有些弱了。

「豈止是被罵，我們是值宿所，不允許有刑案發生。」王碩彥直接說出了東勢分局的潛規則：「我們這種山區小所，刑案發生數必須是零，不允許出現任何一件，否則分局長就準備在治安會議上被檢討，然後你就等著在內部會議上罰站，無法破案的話，你就捲鋪蓋走人。」

「什麼？這麼嚴重嗎？」柳定宇大吃一驚。

「就這麼嚴重。」王碩彥心煩意亂的說道，瞪著桌上的紙：「什麼不好說，偏偏是竊案，攤開報表，歷年來竊盜發生數都是零，只有你出現了一個突兀的一，你覺得分局那裡接到你這張陳報單，臉色會怎樣？」

「所以是誰要搞我？」柳定宇問道，確認了陳報單上頭蓋章警員的名字：「簡振庭？」

王碩彥不回答了，自然不可能是小簡，他一個小屁孩，不敢犯這麼大膽忤逆的錯誤。在石坑所，開立任何案件，都需要經過他王碩彥，也就是副所長的同意，小簡敢這樣胡作非為、先斬後奏，肯定是受了某人的指使。

王碩彥看了一眼桌上那些被他擺在旁邊的請假單，心裡頓時有了數：「你要的巡邏箱在裝保麗龍的那個櫃子裡。」他對柳定宇說道，拿起了刑事陳報單，起身就離開所長室。

「蛤？你要去哪裡？」

「所以呢？」

「喂，副座！」

王碩彥沒理會柳定宇，他帶著陳報單，拿了機車鑰匙，就離開了派出所。走之前還刻意瞪了小簡一眼，讓心虛在一樓整理東西的小簡嚇得跳起來，身為罪魁禍首的他，一直在偷聽二樓的動靜。

第二章

竊案陳報單這招，足以直接送柳定宇畢業出局。

王碩彥幾乎可以預見，柳定宇將在分局會議上被罵得狗血淋頭，並被命令三天內破案，想當然爾，柳定宇是做不到的，所以他會直接被拔官調職，貶進內勤單位成為組長們的跑腿小卒，任人恥笑。

但王碩彥會救他的，也只有王碩彥能救他。

其實，王碩彥大可以不必管柳定宇，柳定宇剛來時，王碩彥對他也沒什麼好感，他大可以像其他人一樣，放他自生自滅，反正流水的官，出事了也跟他沒關係。

可是，就因為一通電話，讓王碩彥無法置身事外了，並註定要保柳定宇到底。

這通電話來自於中央警察大學，是警察的最高學府，也是警官們的母校，當初王碩彥從警員升任警佐時，曾在警察大學待過近半年，培訓，並在那裡，受過一位人稱「孫老師」的教授的幫助，孫老師算是他的恩人。

電話就來自於孫老師，柳定宇剛來沒多久，王碩彥就接到了這通令他驚奇的電話，談話內容十分簡單，孫老師要他多多關心柳定宇，務必照顧好這孩子。

恩人的託付，王碩彥自然無法拒絕，且就這麼一句簡單的話，言下之意卻足夠明顯，便是讓王碩彥即使赴湯蹈火，也得保全柳定宇，直到柳定宇升官，或是安全的離開東勢分局。

要知道，孫老師可是法學界的權威，也是人稱最神祕的警界人物，她指導過上一任警政署長的博士論文，也是這一任警政署長在晉升簡任官時的培訓教授；她不是警察，不帶任何警職，卻能夠影響警界的大小事，所有從警察大學、或國家文官學院畢業的警官，或多或少都和這位神祕人物有過師徒之緣。

王碩彥當時接到電話，也真是受寵若驚，差點跳起來。他不知道為何孫老師找上了他，這種事，直接請託分局長或其他更有力的人物不就得了嗎？

後來想想，他知道了，柳定宇不過是個剛畢業的菜鳥，要是直接出動高級警官，對柳定宇的未來影響並不太好，所以，王碩彥才是最好的選擇。

王碩彥是石坑所的副所長，也是最接近柳定宇的人，要悄然無息的幫柳定宇打點好一切、協助柳定宇做好這第一份職務，他，王碩彥就是最佳選擇。

也因此，王碩彥才會這麼關照柳定宇，王碩彥也坐實了心中的猜想，這柳定宇肯定大有來頭，否則，也不會讓這位警界的大人物，孫老師出手相救。

「喂，欽山。」王碩彥騎著機車，來到山凹村寨裡的一處民宅，隨便停在路邊，對著屋裡就喊道。

雨已經停了，短暫放晴的天空看起來卻並不明朗，還是有黑雲在山的另一側，濃密無比。東勢這片區域，是從卓蘭延伸過來的山群，王碩彥對當地的氣候已經瞭若指掌，這是晚上會下大雨的徵兆。

「欸山，在幹嘛？我知道你在家裡！」王碩彥再次喊道，喊著那人的暱稱。

劉矮山，石坑的人都叫他「欸山」，是原住民，同時也是石坑派出所的警員，王碩彥的同事，比王碩彥還大十歲以上，再過三年就要退休。

「欸山，再不回答我要進去囉！」王碩彥索性下了機車，取下鑰匙就朝宅子裡走去。

圍籬的橫鎖一拉就開，才半公尺高，是用來防狗的，王碩彥步入小小的庭院，才走到一半就看到劉矮山的姪女，一個五歲多的小孩跑出來迎人。

「你是誰？」對方用稚嫩的聲音說道。

「嘿，加恩，妳阿叔呢？」王碩彥朝她問道。

「在客廳。」小女孩立刻轉頭喊道：「阿叔！」

「阿叔！阿叔！」

「阿叔！」

「別喊啦！」這時，劉矮山的聲音才終於從屋內傳出來。

鐵拉門啪的一聲打開，走出一個魁梧的男人，他膚色黝黑，頭髮茂密烏亮，高了王碩彥大約一個頭，超過一百八十公分，實在看不出有五十多歲。

此人沒有結婚，打從當了警察，就一直在東勢老家任職，三十年晃眼過去，可謂是石坑的地頭蛇。但他沒有那個氣度成為什麼盤據一方的霸主，他整天喝酒，除了喝酒就是看電視和睡覺，偶爾溜溜狗，生活過得好不快樂。

所謂國家的米蟲，大概就是指這一類人了，瀕臨退休，劉矮山的月薪超過八萬元，扣除國定假日後，每年還有三十天的額外休假可以請，退休後還享有月退俸。但這些王碩彥就不說了，他親眼見過劉矮山拿著一張白紙，用筆寫下案件經過，就要當成三聯單開給民眾。

劉矮山不會用電腦，自然不可能開過什麼三聯單，頂多現在出了智慧型手機，他懂得用那個看影劇而已。但畢竟當過三十年警察，混水摸魚也不是一般等級，拿張白紙，蓋上派出所印章，唬弄唬弄下當地人，還是妥妥的。

早該被時代淘汰的官僚冗員，王碩彥只要想到還要三年才能看到他退休，就頭疼，尤其他現在還有柳定宇這個孩子要照顧。

「我休假欸，你幹嘛呢？」劉矮山不悅的說道，光著腳丫，站在門內不出來。

「我不幹嘛，是你幹嘛。」王碩彥走過去，學著他那原住民的口音，脫下鞋，拉著他的胳膊就進入他家。

「哎呀你方便當隨便呀，碩彥你這樣不行。」

王碩彥聽出他有點酒醉，也聞到了酒味，但他沒有興致陪他打哈哈，他坐到他家沙發上，從懷裡就拿出那張刑事陳報單，放在桌上。

劉矮山一看到那張紙，酒瞬間就醒了一半，他原本迷迷糊糊的還想裝作不在家，誰知好事這麼快就送上門，他頓時就來了幹勁。

「幹嘛呀，村裡有人被偷呀？」劉矮山嘿嘿笑著，在王碩彥對面坐下，將腳邊的酒瓶踢到桌子底下去。

刑事陳報單內所描述的，正是某位果農的嫁接工具被偷的前因後果，時間地點都記載得一清二楚，還有筆錄佐證。

「是不是你慫恿小簡開這張三聯單的？」王碩彥單刀直入的問道，很是火大。

要想繞過他王碩彥，直接就開立竊盜案件，簡直膽大包天，菜鳥是不可能敢做這種事的，鐵定是受了資深學長的指使。

「我哪有，我只是告訴他怎麼做比較好。」劉矮山耍賴的說道，和王碩彥玩起躲貓貓。

王碩彥都懶得吐槽劉矮山會不會開三聯單了，還敢去教別人開？王碩彥心裡知道這就是劉矮山搞的鬼，因為劉矮山想要請假。

藏在刑事陳報單背後的，是兩張請假單，一張是小簡的，另一張則是劉矮山的。眾人都知道楊家廟宇下週要舉辦「季醮」，這時候請假鐵定被駁回，但這兩人還是執意丟了假單，這就是他們的計謀，王碩彥看一眼就知道。

小簡基本上可以略過，他就是個當砲灰的替死鬼，幕後主使者就是劉矮山。劉矮山打算以竊案相逼，讓王碩彥准許這張假單，逃避麻煩的勤務，這就是事情的真相。

「就是你讓小簡開這張三聯單的，你的目的是什麼？」王碩彥瞪著劉矮山問道，有點明知故問。

「嘖嘖嘖，碩彥，幹嘛這樣氣噗噗。」劉矮山戲謔的說道，紅潤的臉帶了些酒意，都歪到一邊去了，然後眼睛笑成一線：「你就讓我請假，我要跟那個美菲，我們要去買那個美菲要的面膜啊，我們下禮拜要去高雄。」他提起了他的妹妹，非常不正經。

王碩彥才懶得管他的私人行程，他覺得劉矮山這回太過分了：「你為了請假，好大的膽子敢做這種事情？」王碩彥搥了桌子一拳，怒道。

「唉唷，你怎麼這麼生氣？」劉矮山嚇了一跳。

「你敢給我開竊案，你不怕我宰了你嗎？」

「你宰我做啥？給那個倒楣鬼，所長去死就好啦？」劉矮山不解，話也說得直接。

不錯，這事情的背後，一山還接著有一山高。刑事陳報單是假，劉矮山想請假是真，但有人打算弄一下柳定宇，才是真中之真。

柳定宇，不管是因為出身還是年紀，早就有許多人看他不爽了，連派出所內部也不太聽他的。而劉矮山這些資深警察，都和分局人員關係密切，請假之餘順便弄一下柳定宇，也不是什麼困難的事，信手拈來罷了。

若換作是其他所長，即便來自外地，劉矮山也不敢這麼明目張膽，敢弄一個竊案出來，他們多少還是會有所尊重。但柳定宇年紀實在太小了，在東勢又沒有靠山，放在這些老屁股眼裡，跟免洗的雜魚沒兩樣，順手捏死，剛好而已，完全不放在眼裡。

但他們搞錯了一件事，他們混了三個月，還是沒注意到，柳定宇是王碩彥罩的，和王碩彥綁在一起，動柳定宇就是和王碩彥過不去。

「這報案人是誰？」王碩彥指著陳報單問道：「黃雪蛾？住石後巷，種梨子那個？」

「啊不然你還認識第二個雪蛾喔？」劉矮山反問。

「你去讓她過來，把這三聯單給我撤了，改成遺失。」王碩彥用命令的語氣說道。

「你跟我說做啥？你跟小簡說去唄。」

將竊盜改成遺失，就能產生魔法，將刑案變不見，這是這起事件的唯一解法。但劉矮山還在狀況外，他沾沾自喜，以為計畫成功了，和王碩彥達成共識，順利的用竊案來逼迫王碩彥同意請假，殊不知王碩彥根本不打算那樣做。

「你慫恿黃雪蛾來報案的，你自己去找她講清楚，這個小簡做不了主！」王碩彥額頭冒青筋的說道，石坑的人不會閒著沒事來報案，他閉著眼睛也知道是怎麼操作的：「你明天上班就把這件事給我解決了。」

「你這麼兇做什麼哈？」劉矮山皺眉，不樂意了。

「因為，你他媽的給我弄出一個竊案。」王碩彥毫不掩飾他的情緒，只花了幾秒鐘，就已經做好了決定，他決定了未來的日子，柳定宇將如何在東勢度過。他站起來，居高臨下的對劉矮山說道：「你，你的假單我不會准，其他人的我也不會准，全部人員，下週，都給我乖乖的支援『季醮』，一個都跑不掉。然後，你給我讓黃雪蛾來把這竊案撤掉，明天就處理好。」

劉矮山愣住了，他料想不到會是這樣的狀況，他既沒有得到休假，還被王碩彥給命令撤掉刑案，這不可能啊，王碩彥跟他又沒什麼過節，兩人共事快十年了，為何要跟他過不去？

莫不成是……劉矮山耗了半晌才領悟了這個感覺，好樣的，這王碩彥竟然和所長站到了一塊，現在擺在他面前這張怒不可遏的嘴臉，不正是一個主管遇到自己下屬扯後腿，會出現的反應嗎？

劉矮山又盯了一次那張臉，還真真切切，是真的在生氣，王碩彥身為一個鐵打的衙門，竟然跑去和流水的官站在一塊兒了，簡直叛變了！

「你現在打算跟我翻臉嗎！」劉矮山一下就站了起來，拍桌子說道：「你也是警員，你就讓所長去死會怎樣？又影響不到你！」

王碩彥瞬間感覺有什麼東西拔地而起，硬是比他高了一個兒頭，但他可沒有什麼畏懼：「你弄一個竊案出來，全派出所都不會好過，我保證。」他抬頭瞪著劉矮山說道：「到時候要是所長被罵，我會請你和簡振庭，一起到會議上去罰站。」

「你以為我會去？」劉矮山氣得吹鬍子瞪眼。

「不要把日子想得太好過了，劉矮山，這派出所還有主管在，不是沒政府。」王碩彥意味分明的說道，不論這個主管指的是他還是柳定宇：「你還剩三年就退休了，好好想清楚，是不是這三年的考績都打算只拿乙等，那可不太好。」

「你敢拿考績來威脅我！」

「你敢來竊案來威脅我，我就有一百種方法威脅你！」王碩彥不甘示弱的回道。

「我拿乙等，你和所長也等著只拿乙等，絕對！」劉矮山齜牙咧嘴。

公務員的考績影響著年終獎金和相關的升遷，實務上，就分為甲等和乙等兩種而已，前者高於後者，且按一定比例分配，有前段班與後段班之別。至於所謂的丙等或更劣級的丁等，幾乎是不存在的，不會出現。

照理說，警員的考績由所長來評分，所長的考績則由分局長評分，是輪不到劉矮山插手的，但劉矮山不是一般人，以他和分局的關係，他想讓所長乙等，所長就會是乙等。

不過，柳定宇今年的考績本來就必定是乙等，沒有人會給這個不討喜的小鬼甲等，甲等的名額可是有限的。

「去把事情解決了，對大家都好，叫黃雪蛾來撤案。」王碩彥收起刑事陳報單，冷冷的說道，準備打道回府：「你想清楚未來打算怎麼在石坑所度過。」

「不可能！」劉矮山不知所云的怒道。

「你只是個警員，柳定宇再怎麼嫩，也是個警官，搞清楚狀況。」

「不可能！王碩彥，我不會理你！」劉矮山指著他說道：「那個柳定宇，我告訴你，他活不過半年！」

王碩彥轉頭走人，懶得再對這個茫了一半的醉漢說什麼。這些傢伙，開三聯單不會，電腦系統也不學，耍心機倒是一流，個個都是鬥爭高手。

一回到派出所，王碩彥沒看到柳定宇，不曉得跑哪去了。

但他看了看車庫，確定巡邏車還在，暗自慶幸了一下，他可不希望柳定宇開著車，到處亂設巡邏箱，這事最好還是從長計議，畢竟他們已經和劉矮山發生了衝突，現在派出所的任何作為都要步步小心。

「小簡。」王碩彥行經一樓，喚了簡振庭一聲。

「是，副座。」正在值班的小簡立刻放下手機站起來。

「所長去哪了？」

「剛才好像騎機車出門。」小簡回答道。

「騎機車？去哪裡？」王碩彥有些擔心了。

「不知道。」

「不知道？不知道你還當什麼值班？」王碩彥當場變臉，罵道：「去外面罰站！」

「什麼？」小簡愣住，不明白王碩彥為何突然大發雷霆。

「我叫你去外面罰站，站到所長回來為止，聽到沒有！」

小簡被他的罵聲嚇了一跳，不明就裡的往外頭走去，一臉委屈。

王碩彥看他這模樣，更加火大了，他拿出那張刑事陳報單說道：「你開這什麼鬼東西？為何沒有事先跟我和所長報告？」

小簡臉色蒼白起來，這才明白王碩彥是要興師問罪：「我想說……就她很堅持要報案……」

「亂七八糟！不把我和所長放眼裡了是嗎！」王碩彥大聲喝斥，直接將怒火都發洩在他身上：「你翅膀硬了是不是？要拆所長的台？」

「我……我不敢……」

「不敢還這樣做！」王碩彥罵道：「你給我想辦法破案，沒破案前，從現在開始，只要上班就到門口罰站，全部改成警衛班！」

小簡眼眶泛淚，縱有一肚子委屈，也不敢講，他哪敢說是劉矮山逼他的，夾在王碩彥和劉矮山之間，他真的會被壓死，但他也不敢將學長給供出來。

王碩彥又怎麼會不知道小簡的為難之處，但這事總得有人出來揹鍋，殺雞儆猴一下——在和劉矮山吵架的那一會兒，王碩彥就已經決定了柳定宇今後的走向，柳定宇要坐穩所長的位置，就得從今日開始樹立他的權威。

這事情，原本大可以順了劉矮山的意思，准許他的請假，然後讓報案人來把竊案銷掉，皆大歡喜，而且也只有這條路可以選。但王碩彥念頭一轉，偏不這樣做了，只要有第一次就會有第二次，所長一旦自斷威嚴，未來就只有任人宰割的份。

而這，絕對不會是孫老師想要的「務必照顧好這孩子」。

對付這幫傢伙，姑息政策是不會有用的，只會讓他們軟土深掘，得寸進尺。

硬碰硬總比姑息來得好，至少，王碩彥不允許再看到有「所長在打掃，屬下在看電視」這種事發生了，他的第一步就是讓小簡去罰站，作為劉矮山的同夥，他先替柳定宇給這個菜鳥下馬威。

「以後跟所長講話要喊報告，知道嗎！不准再沒大沒小。」王碩彥朝著門口罰站的小簡說道，一面尋找機車鑰匙，看柳定宇是騎哪台警車出去了

「遵命……」小簡大淚含小淚的說道。

王碩彥找了一會兒，是找到消失的鑰匙車號了，但也眼尖的發現一件事，書架上的罰單本不見了

——莫不是，柳定宇跑去開罰單了吧？

他心裡暗道不妙，趕緊抓著鑰匙衝出去。

石坑所在後山口有個連接省道：台8線的路口。那裡有轄區內唯一的一座紅綠燈，要開罰單，估計只能去那個地方。

見柳定宇是騎警車，王碩彥這回也騎警車，急急忙忙的，十分鐘內就趕到了後山口。果真遠遠一看，就見柳定宇拿了個指揮棒在那交通執法，背後還藏著一疊罰單本。

「所長！」王碩彥朝他騎過去，喚了一聲：「哎，你在這幹嘛啊？」

「開罰單。」柳定宇一臉嚴肅的說道，沒被王碩彥影響，仍遠遠的看著對面路口的來車。

「你會開罰單？」這是王碩彥第一個疑問。

「會啊。」柳定宇答道，見王碩彥一臉懷疑，又補充：「去交通組拍了些舊罰單來看看就會了。」

「為什麼要開罰單？」這是王碩彥第二個疑問。

柳定宇眉頭皺了一下，反問：「我們所今年的配額不是闖紅燈一張，安全帽兩張嗎？」

「那為什麼是你開？所長不可以開罰單，應該叫同仁開。」王碩彥焦躁的說道，但想了想柳定宇的弱勢狀況，又說：「至少讓簡振庭去開，輪不到你出馬。」

「沒必要勞煩大家吧，而且我也沒開過罰單，可以學學。」柳定宇拎著罰單本，不明白王碩彥為何反應這麼大。

這三個月以來，石坑所大大小小的事，有哪件不是他親身參與？這倒與派出所內一尊又一尊喊不動的神仙無關，他自己就想做這些事，就想學習。

但王碩彥卻不是這麼想的，他才剛和劉矮山鬧掰了，要替柳定宇奠定官威，所以柳定宇不能開罰單。

再說了，石坑這地方，罰單開不得。

「所長不能開罰單，而且，石坑這地方也不可以開罰單。」王碩彥娓娓道出另一個潛規則：「那個配額是配好看用的，沒達成也關係，石坑這地方已經好多年沒有人開過罰單了。」

「蛤？配好看用的？」柳定宇懷疑的問道：「那幹嘛要訂標準？」

「該訂的還是要訂，總不能一整年派出所的交通執法目標是零。」

「你確定嗎，副座？我們所已經沒有刑案績效了，如果連交通績效都不做，那還剩下什麼？」

「這裡不講績效，要績效，市區的派出所會生出來，反正這裡不能開單。」王碩彥回答。

不需要開單也就罷了，柳定宇倒是很疑惑為什麼「不能」開單，不能，就意味著禁止，他旋即舉起罰單本說道：「可是我剛剛已經開一張了欸。」

「哎唷我的老天爺啊，你這是在做什麼啊？」王碩彥叫了一聲，立刻將罰單本拿過來看，冒出一身冷汗。

猶記簡振庭剛被派發來的時候，也躍躍欲試，拿著這疊公用罰單本玩，被王碩彥給制止。

不能開單的原因很簡單，石坑所轄區裡裡外外加起來不過兩到三百人口，居民們與派出所關係密切，誰家有幾條狗都一清二楚。更別提像劉矮山那樣的警員，大叔、大伯、阿嬸、表姨，有親戚關係的都住這裡，沒親戚關係的朋友那就更多了，從根本上，整個石坑都是一家人，路上蒙著眼指誰就認誰，這要是開罰單，不得鬧「家庭革命」了？

「陳凱祥，這誰？」王碩彥望著罰單本上的名字，胃疼的思考要怎麼善後，見是不認識的名字，稍微鬆了口氣。

「我怎麼會知道是誰？」柳定宇滿臉疑惑，不曉得王碩彥在問什麼：「現在開罰單還得先認識對方？」

「不是，你在這個轄區就不能亂開單，會開到自己人。」王碩彥一時也解釋不清楚，便接著問：「陳凱祥，新北市中和區……」他念出上面的地址：「外地人嗎？他長怎樣？開車的嗎？開什麼種的車？」

「開車的呀，上面有寫啊。」柳定宇湊過去，指著罰單上面的文字說道：「應該是外地人吧，我看他車上還有老婆小孩和狗，就是來玩的。」

「哎唷，外地人吶。」聽到這，王碩彥心裡的大石頭才真的放下來。他方才根據姓名、年紀、車的類型，迅速在腦海中搜索對方的樣貌，卻無法從當地找到相應的人，這聽柳定宇說還帶上了老婆小孩和狗，終於確定對方是外地人。

「所長我跟你講，在我們石坑不用開單，你怎麼開，都會開到自己人。上禮拜不是有人拿木瓜來送我們嗎？那個瘦巴巴的老頭直接沒戴安全帽，騎了台破摩托車過來不是？難道你也要開下去，他們山上原住民，沒有在戴安全帽的，連我們劉矮山自己，下班也都沒戴直接溜下去，所以我跟你講，不能開。」王碩彥唸著唸著就一個長篇大論，道出當地風俗：「分局規定的不用理，頂多年尾被檢討一下，就算是你，資歷最淺，你掛蛋，分局長也不會用這個罵你，不厚道。」

「原來如此。」柳定宇聽著聽著，點頭是點頭，卻不太高興，這種風俗並不是他所喜歡的風俗：「但這張已經開了怎麼辦，因為是外地人所以沒關係嗎？」

「對，沒關係，不過也不要太張揚。」王碩彥望著罰單本，再次重申，所長不可以開罰單：「你這印章，回去塗掉，換蓋成簡振庭的。所長要蓋的是主管這格，不能蓋在告發人，你是主管，主管就是主管。」

柳定宇嘟噥著知道了，卻悄聲埋怨外地人真可憐，活該要被開單。王碩彥假裝沒聽見，卻被罰單上的字跡給吸引了。

柳定宇的字他已經看了三個月，工整得跟螞蟻排排站一樣，好看且俐落。罰單上沒有塗改的痕跡，十分細心，連一個字都沒寫錯，這很了不得。

要知道，別說劉矮山那些人了，連王碩彥自己都不太清楚要怎麼開單，哪格該寫什麼，他早已忘光光了，這幾十年來罰單格式改過一遍又一遍，早和他年輕的時候不同了。

柳定宇能自力更生，獨自完成一張罰單，這可真是出乎王碩彥的意料了。

於是他問了他第三個疑問，也是最大的疑問：「這張單，你是怎麼開到的？」

「蛤，怎麼開到的？」柳定宇問道，眉宇間還是那般嚴肅，不苟言笑，很是超齡：「就攔下來啊。」

「攔下來？」王碩彥接著問：「所以你是怎麼攔下來的？」

這就是最大的謎團了，開罰單這種事，說的是一套，做的又是另一套。一本罰單在手，法條你懂，格式你也會寫，筆你也準備好了，但要如何實際執行，才是困難的開始。

要完成一張罰單，你得先知道要到哪個地點去開，接著要能找到違規的人，從零開始，從無到有；看到他、喝止他、將他攔下來，並且在有損對方財產的狀況下，忍受對方的哭鬧求饒和罵罵咧咧，平靜的將罰單寫完。

這可不是一件簡單的事，一位剛畢業的菜鳥，通常都得要學長手把手教導，教好幾輪，才有可能獨自上場作戰。因為在百姓面前，不管你是不是新人，你就代表國家的顏面，只要稍有凌亂，法條錯誤，口齒不清，就可能搞砸整件事，輕則罰單開不成，重則遭到對方羞辱，還不知所措，無法反擊。

王碩彥看了看罰單的名目，汽車闖紅燈，哇操，驚呆了！這張罰單他沒記錯，要罰兩千七百元，哪個駕駛能悶不吭聲的接下這兩千七百元的罰單？

「我有請他出示證件啊，他說沒帶，我就查車牌。之後他說什麼我都沒理他，我就寫我的。」柳定宇回答道，在王碩彥的追問之下，再補充：「有啊，他有叫我不要開，說放他一馬，我就講了，我沒理他，就不理他。」柳定宇開始不耐煩：「我真的不覺得我有做錯什麼。」

柳定宇不知道，王碩彥那是佩服，不是在責備他。要開出這張兩千七百元的罰單，不是一般菜鳥可以做到的，尤其是在石坑這種地獄級別的地方。

但王碩彥沒要誇他，他知道柳定宇不需要誇：「反正，有這張罰單就夠了，夠你應付這一整年的了，不要再開了。」他說道：「我不知道是誰教你開單的，但以後最好先問我一下，會比較好。」

「沒人教我啊，我不是有說，我去交通組借舊的罰單拍照來看嗎？」柳定宇不解，更想澄清：「副座，我沒有要違背你的意思，但派出所缺闖紅燈，所以我就來開闖紅燈。」

沒人教就會，這聽在王碩彥耳裡更加玄奇了，光是看看舊罰單就能變出一張新的，王碩彥還沒見過這樣子的人。王碩彥不是東勢人，年輕時他在台北待過，那裡公務繁忙，一年當三年用，他也沒見過有這樣子的新人。

電影裡常演到，少年骨骼驚奇、氣宇非凡，將來必成英雄，王碩彥沒看出柳定宇有哪裡骨骼驚奇，但光是這張罰單，就足以證明他和一般人不一樣。

「我們回去吧，你不是說要設新巡邏箱？就今天設一設，先回去，然後開車出來。」最後，王碩彥只能這麼說道。

「噢對，巡邏箱，我沒找到欸。」柳定宇說。

「在保麗龍那個鐵櫃裡，沒找到？」

「嗯。」

「我回去再拿給你。」

歸途中，王碩彥心裡千頭萬緒，他似乎今天才開始了解，眼前的少年是個什麼樣的人。

柳定宇和他所帶過、教過的新人不一樣，過去的那些新人，他們是警員，他們可以賴著學長、賴著師父、可以不懂事、可以搞砸工作、可以說不會就不會；但所長不一樣，所長可沒有說不的權力，所長沒有那個容忍空間，所長犯錯，不是出局，就是被下面的人看笑話。

或許，這就是柳定宇不得不比其他人獨立的原因吧？王碩彥忘了自己二十二歲時在幹嘛，可絕不是他現在這個樣子。

沒有這麼厲害。

第三章

今天的石坑所就三個人上班，正副主管都在，配一個簡振庭，恰好三個人。

一般而言，正副所長很少會同一天上班，他們得輪著來，以確保派出所每天都有主管當值。但自從柳定宇來了，王碩彥就儘量和他一起上班，以確保柳定宇能應付得過來。

反正班表是他王碩彥排的，他閉著眼都能蒙出一堆排列組合，讓派出所的運作符合規定，自己又和柳定宇同進退。不過，這樣就很容易出現，雙主管搭配一個最菜的簡振庭，這種情況。

簡振庭王碩彥還是放心不下的，雖然已經來了一年，但能力堪憂，光他被劉矮山煽動，搞出個竊案來，就讓王碩彥覺得，這小子遲早得捅出個什麼簍子。

「我和所長要去巡邏，你給我好好值班啊。」晚餐時間已過，夜已深，王碩彥在一樓對著小簡囑咐道。

「遵命，副座！」小簡喊道。

「別給我玩手機，等下有狗跑進來院子拉屎，沒趕走你就知道！」

「遵命！」

「無線電注意聽，不要該接收到沒接收到。」

「遵命，副座！」

王碩彥讓他罰站了一下午，就沒讓他繼續站了，這小子耳根子軟，就算現在學乖了，也難保以後不會又被誰慫恿。罰站是沒用的，把劉矮山這些人的心眼兒剷除了才是根本之計。

「我好了，副座，我們走吧。」這時，柳定宇從樓上走了下來。

王碩彥打量了他單薄的身影說道：「山裡天氣冷，你去搭件外套吧。」

「現在快三十度欸，怎麼可能會冷？」

「聽我的，等會兒就下雨了，警用外套防水的。」王碩彥囑咐道。

於是柳定宇又走回了樓上，王碩彥想找巡邏車鑰匙，才發現被拿走了。一回頭，柳定宇已經穿好了外套，手裡甩著鑰匙。

「我開車。」柳定宇說，眼裡透著一絲小得意。

孩子果然還是孩子，這些新人骨子裡都是一樣的，剛下放單位，就一件事最興奮，開巡邏車。想想那巡邏車警燈閃爍的樣子，要有多威風就有多威風，偶爾再來個警笛，嗡的一聲，紅綠燈都給闖過去，誰見著都要讓。

但王碩彥是堅決不讓新人開車的，要練車，拿自己家裡的練去。他帶過有將近二十位徒弟，無一例外，每個都撞車，每個都修車賠錢。

王碩彥只讓小簡開過兩次巡邏車，兩次都是去送機車載不了的東西，就開一小段而已。但柳定宇說要開車，王碩彥可擋不住，畢竟他是所長。

「走吧，副座。」柳定宇走進車棚，發動引擎。

時間是晚上七點多，山裡黑風陣陣，月亮朦朧模糊，空氣中飄散著長年化不開的霉味。

這種「毛月亮」，石坑很常見，是夜裡要下雨的前兆。王碩彥從沒討厭過下夜雨，因為他通常在傍晚就下班了，身為副所長，他還是享有一點特權，他從沒給自己排過夜班，都讓別人去上。

但自從柳定宇來了之後，他就得跟著他一起上班，雖說石坑所最晚的班就到晚上十點而已，但一想到要在夜裡冒雨騎車下山，王碩彥就感到厭煩。

「副座，今天我去開罰單，你沒生氣吧？」柳定宇問道，還惦記著這事。

車已經駛出了石坑所前的迴轉道，進入大後山，山裡沒有路燈，全靠著車燈與紅藍警示燈照明。所有白天看起來青翠亮麗的樹葉風景，在夜裡卻被照得鬼影幢幢。

「怎麼這樣問，我一直都沒有生氣。」王碩彥解釋道：「只是很驚訝你跑去開單而已。」

「確定喔？」

「對。」

「好吧。」

柳定宇還是沒釋懷，他看得出王碩彥心事重重，但卻不知道王碩彥是在煩惱劉矮山的事情。

王碩彥不得不說，柳定宇雖然嚴肅、安靜、又十分膽大，但其實他的心思極為細膩。就拿一件事說就好，王碩彥提過他不喜歡開快車，就不經意提起過一次而已，結果從那之後，只要是載著王碩彥，柳定宇的時速就沒超出過四十公里，即便到了市區。

但王碩彥還是不放心的，只要是給二十出頭的小鬼載，他都不放心。夜間、山路、大雨將落又特危險，或許是早年被徒弟載去撞車的陰影太多，縱然柳定宇現在的時速只比得過用走路的，王碩彥還是安穩不下來。

「你打算把巡邏箱設哪裡？」王碩彥問道。

石坑所的轄區很單純，就兩條路而已，一條往山上一條往山下。山下的路會進入村寨，最後通向平地市區，山上的路則通往後山，連接橫貫公路，一直走能到達花蓮。

但自從九二一大地震後，山上的橫貫公路就斷了，只允許特殊單位通過，一般人無法行駛。這給石坑所減少了許多交通負擔，勤務變得更加輕鬆。

若要設巡邏箱，王碩彥說過的，就兩個選擇：往山下的山腳路口設一個，往後山的台8線再設一個。但柳定宇顯然對這兩個答案都不是很滿意，他有自己的主意。

「有個地方不知道為什麼，你們都不設巡邏箱耶。」柳定宇說道：「明明也很重要。」

「什麼地方？」王碩彥有些被引起興趣。

「咦，你竟然猜不出來？」

王碩彥還真猜不出來，柳定宇這是在往後山行駛，他們早已過了白天那個紅綠燈口，駛在台8線上。

往後山的路什麼都沒有，再往前開一會兒，就和另一個分局，和平分局接壤了。要設巡邏箱，一定是往山前設的，不會往山後，現存的兩個巡邏箱，一個在里長家，另一個則在前里長家，兩個都在鎮上。

「好奇怪，副座你猜不出來呀？」柳定宇公布答案：「我們就設在楊家那個『樹頭公廟』啊，他們是當地士紳欸，為什麼都沒人設巡邏箱？」

此話一出，空中突然閃了個無聲雷電，照得車前四處一片慘白，有驚鳥飛過、枝條亂顫，但就是沒有雷聲，讓人好生忐忑。

當天空再次暗下來時，夜雨已經落下，唏哩嘩啦，王碩彥沒看清楚烏雲有多厚，但照這雨勢，會下到明天。

「你要設在樹頭公廟？」王碩彥愣住。

「對啊，不是說楊家人的地位比里長還重要嗎？怎麼就沒有設巡邏箱？」柳定宇問道。

一直都未再提起楊家人，現在駛在台8線上，楊家那座大廟的輪廓才又浮現於王碩彥的腦海。

是的，楊家對石坑所來說是重中之重，一整年的勤務，最重要的都和楊家有關。什麼「作醮」啦，果園收成期的堵山、交通管制，都和楊家脫不了關係。

「不能在樹頭公廟設巡邏箱。」王碩彥直截了當的說，面色難看。

「啊，為什麼？」柳定宇問道。

「楊家人不喜歡，而且，壞風水。」王碩彥回答。

這並不是王碩彥迷信，是真的，曾有一任所長，好大喜功，以為設巡邏箱代表對人家特別關照，等同免費的保全，就在所有人都不知道的狀況下，讓個小警員糊里糊塗跑去釘了。

這一釘，不得了了，雖然隔天就立刻拆掉，但樹頭公就生氣了，不靈驗了。要知道，樹頭公，顧名思義，就是保佑樹木的神明，當年，整片果園都減產，風不調雨不順，不是來蟲就是果子質量差，讓果農那是一個叫苦連天。

直到楊家人又多做了幾次祭典，平息神怒，隔年農產才又恢復正常，該下雨下雨，該出晴出晴。

「還有這種事？這麼嚴重？」柳定宇聽得都傻了：「現在都二十一世紀了，確定不是剛好發生旱災嗎？」

「是不是旱災不重要，反正當地人覺得跟神明有關，就跟神明有關。」王碩彥無奈的說道：「所以我才說，壞風水，而且楊家人不喜歡，主要就是楊家人不喜歡，不喜歡你在他的廟上釘一個巡邏箱。」

台灣人的迷信，那是世界上數一數二的，走在路上，三步一小廟，五步一大廟，還分陰廟和陽廟。什麼石頭、木頭、從海上漂過來的香爐、懷孕難產去世的女子，都能拜成神。

聽來荒誕，但卻切切實實發生在你我身邊，至少就發生在東勢這個地方。柳定宇沒見過樹頭公的真面目，只見過在廟宇大堂擺的神像，但王碩彥卻見過。

那是一截被安置在壓克力透明神龕中的斷木截面，年輪一圈又一圈，但也看不出有什麼百年歲數；祂被用金箔團團圍住，只有在極特殊的日子，比如什麼甲午之年，才會被扛出來跳戲。

樹頭公靈不靈驗，王碩彥就不說了，沒意義，主要是當地人覺得靈驗，那就靈驗。每逢收穫季節，別說當地，外地的人也會爭相上來朝拜，只為圖個五谷豐登。

「分局長都來拜的神，你敢不跟著拜嗎？」王碩彥直接提點道：「下禮拜的『季醮』，分局長還專門撥了幾十個人來給我們支援勒。」

「我只想問，當年那個釘巡邏箱的所長，後來怎麼了？」柳定宇戰戰兢兢的問道：「有被處罰嗎？」

「這種台面下的事，當然沒被處罰，只是搞得人家很不爽而已。」王碩彥說道：「後來只要發生什麼車禍啊、土石流啊，都推到你身上，說是你犯了大忌，觸怒神明。」

「啊不就很衰？」

「是很衰啊，所以過不了半年，就自己摸摸鼻子調走了，啥廢話也不多說。」

「這樣啊？」柳定宇面色複雜：「好冤枉喔。」

王碩彥很少見到他露出嚴肅以外的表情，藉此機會，便想加以暗示：「所以啊，當警察，最重要的就是察言觀色，該做什麼做什麼，不該做什麼就別做，你這巡邏箱，你確定還要釘？」

「當然是不釘了。」柳定宇嘟噥著，若有所思，卻又再補一句：「我們另外再找地方吧。」

王碩彥一聽差點暈倒，看來還是沒懂啊，不要做多餘的事，釘巡邏箱就是多餘的事，除了你之外，根本沒人會簽的。王碩彥都快忘記里長家那巡邏箱長什麼樣子了，是不是卡陳年汙垢了？現在卻還要另外釘新的嗎？

但他沒阻止柳定宇，誠如他之前所說的，有些事情就是要受了教訓才會懂，光靠前輩提點，腦子是不會長記性的，就是要痛過，才會理解人情世故。

兩人不知不覺便駛進了台8線的一條小道，算是離開了台8線，再往上駛去，不是哪裡，正是楊家的樹頭公廟。

柳定宇雖然不打算在楊家人的地盤上釘巡邏箱，但來都來了，還是決定去裡面繞繞，巡邏巡邏一下。

楊家的廟，從石坑所的位置看去，好像就鑲在後面的山壁上而已，肉眼清晰可辨，喊話都能聽見，但實際要到達那裡，卻得開進後山，沿著省道的支線繞上去。

不出一會兒，路燈出現了，在這滂沱大雨中好似一盞盞的白花冒出來，澆不熄也滅不了。那用的是國家的電，路也是專門給楊家開的柏油路，康莊坦然。

楊家在山腹上建了兩座三合院以及那樹頭公廟，既是老宅也是新宅，畢竟他們發基於日治時期，宅子不可能撐那麼久，修修補補，早已不是原樣。磚頭敲掉換水泥，裡面的水管電線也是裝拆過兩三輪，只保留古蹟韻味，與時俱進，該整什麼網路線，就整什麼網路線。

別看兩座三合院好似很不起眼，加起來湊合著也得有二十戶，隔著一間又一間，門牌號碼都給了將近十個，還沒辦法好好區分誰家是誰家，儼然像一個地方小國了。

巡邏車安靜的在大雨中駛進這個小社區，七八點鐘，各戶人家都亮著。

這裡的人都姓楊，全是一個宗族的，但也並非同心。經歷了好幾代的開枝散葉，雖然血液裡流著同樣的血，各家卻有各家的盤算。

樹頭公廟這塊大餅，遵循傳統留在嫡系大房，楊茂昌這人手中，王碩彥忘記他是第幾代傳人，只知道他年近七十，體態福盈，平時並不住這裡，而是住台中市區。

真正在這山頭鬧騰的，都是他的兒子女兒們，下週的「季醮」，也是由他的兒女所主持，王碩彥都快忘記自己有多久沒看到他了。

不知道死了沒有？

啊呸呸呸，王碩彥趕緊在心底暗罵自己嘴欠，卻又不自覺笑出來。

他們沿著道路，靜悄悄的滑進了三合院的深處，即將進到另一座三合院。在這片特殊精妙的建築結構中，雨聲嘎然而止，抬頭一看，就條馬路而已，竟蓋了遮雨棚，車輛駛於其中，王碩彥感覺好像被捂住耳朵，聽得見近處方向盤轉動的聲音，卻聽不見被推得很遠的大雨聲。

「副座，我們到了。」這時，柳定宇拉起排檔桿，停了下來。

眼前就是傳說中的樹頭公廟，兩條龍柱頂天立地，向內延伸出一片橘紅空間。

樹頭公廟晚上不關門的，好似便利商店二十四小時營業，香油桶擺在那裡，也不怕有賊闖入。畢竟這廟夾在兩座三合院中間，堪稱是大本營中的大本營，要是有人想在楊家人的眼皮子底下偷錢，那也太不識相了。不過該有的監視器還是有，廟門口近年還引進了跑馬燈，提醒信眾啥時會辦祭典，該出力的出力、該捐錢的捐錢。

柳定宇下了車，雙手合十往大堂內就是鞠躬一拜，香煙繚繞，安坐在中央的主神，就是樹頭公，一個沒有面孔的金身雕塑。

王碩彥當年還以為那就是樹頭公，百般琢磨這是樹枝，還是樹幹？怎麼會這麼小？直到見了樹頭公的真身，才知真正的樹頭公一直都藏在神桌後方。

「副座，你不下來嗎？」柳定宇朝車上的王碩彥問道。

「不了，腳痛。」王碩彥隨便找了個藉口。

說實話，他不太喜歡這座廟，從他進東勢以來，石坑大大小小的案件，多半都跟這座廟有關。前些日子被偷的農作工具，台面上說是村裡的混混所為，但村裡的那些混混又是誰養的呢？就是楊家這些地方勢力。

台灣的地方信仰都離不開跳大神、敲南北管等等陣頭文化，別的地方王碩彥不說，就拿石坑來講，樹頭公廟所招募到的演藝人員，有祭典時才有正經工作，沒祭典時就是個四處瞎晃、順手牽羊的混混。

所幸，這些混混不太會在石坑胡作非為，他們年紀輕，愛往城裡跑，宮廟需要他們時，他們才會回來。王碩彥已經可以預見，下禮拜又將看到哪些討人厭的傢伙了。

「是誰啊？唉唷，晚了還上山來唷，大人。」這時，車後傳來呼聲。

王碩彥從後照鏡一看，是楊茂昌的大兒子，楊隆平，一個駝背的男人，年近五十，牙齒好幾顆是金色的，笑起來那是一個炫彩奪目。

王碩彥立刻將窗戶悄悄關上，只留下一小縫，然後將車椅後倒，剛好躲在陰影死角。

不為什麼，就想看看這人和柳定宇的互動而已。

「嘿，主委啊。」柳定宇認出了他，和他打招呼。

楊隆平走過去，絲毫沒注意到車內還有一人，他跨過門檻，走進樹頭公廟裡，和柳定宇打了照面。

「怎麼這麼晚還上來？」楊隆平問道。

「就想說上來巡巡看看。」柳定宇不太會說話，頻和車裡的王碩彥打暗號，但王碩彥就是不理他。

「所長，我想說喔，流浪貓你知道嗎？」楊隆平突然提到。

「嘿，流浪貓怎麼了？」

「我們這裡，最近流浪貓太多了啦，生一堆！」

「流浪貓我們沒辦法處理捏，可能要叫動保處。」柳定宇下意識的推托道。

「不是動保處，動保法啦！」楊隆平不知所云，咧嘴一笑。

「蛤？」

「就是那個動保法說不行啦。」他顛三倒四的說著，接著才談起話頭：「這裡流浪貓太多，我放那個老鼠藥要毒死，結果被我那個姪子收起來，說現在這樣不行，會違反動保法啦！」

柳定宇這才聽清楚前因後果，確實以現在的法令，不能隨意毒殺貓狗。柳定宇身為新世代的年輕人，平時網路上貓貓狗狗的可愛圖片看多了，聽眼前的人隨意說要毒死貓狗，不禁有些汗顏。

「很多嗎？這個認真處理，可能要叫動保處來抓。」柳定宇回答道。

「不是動保處啦，就跟你說是動保法。」楊隆平依然說道：「所長啊，你這個，你是不是不知道貓跑有多快？抓不到啦。如果是狗，那還好，可以擋起來。」他朝著廟門比手畫腳：「啊如果是貓，會跑進來捏，弄倒這個弄倒那個，很可惡！」

「我再幫你想想辦法，聯絡一下動保處。」

「就跟你說不是動保處，是動保法啦！」老人冥頑不靈的說道，難以溝通：「你不用處理，我都毒好了啦。」

「什麼？」柳定宇愣住。

「我都毒好了啦，大部分都被我毒起來了。」老人嘿嘿笑道，忽然間雙目矍爍，一陣寒光乍現，指著廟門外一個不起眼的大紙箱說道：「都在裡面，你說這個要丟去哪裡？」

此話一出，就連坐在車裡的王碩彥，都聽得頭皮發麻。

柳定宇順著老人的手勢看過去，臉色發僵，雙眼呆直，在那被雨浸溼一半的大紙箱內，一個又一個黑色的物體疊在一起，因為天色太暗了，看不清楚。

此時，剛才那聲沒響的雷，終於打下，但終究不是同一個雷。轟的一聲，晴天霹靂，伴隨著閃光，讓柳定宇看清楚了，紙箱內一隻一隻毛色不一的軀體，有橘色有白色，都是死貓，層層疊疊的堆在一起。

柳定宇吐了，他沒忍住，直接就衝出來，跪在水溝邊吐得唏哩嘩啦。

楊隆平還搞不清楚是怎麼一回事，王碩彥就走了下來，他擋住楊隆平看柳定宇的視線，朝他打了聲招呼就說：「主委啊，很久沒見了。」

「碩彥啊。」楊隆平一看見他，身子就正了，不再彎腰瞧柳定宇，咧嘴便發出金齒笑容：「今天怎麼這麼好，你和所長都在？」

「就順道過來看看唄。」王碩彥回答，用閩南語：「下禮拜咱昌叔會回來嗎？」

「不會吧，最近身體不太好。」楊隆平講了下他父親，楊茂昌的狀況：「請三個外勞都顧不來哩，現在的水準有夠差。」

王碩彥不明白他講的是什麼水準，又再寒暄幾句便說：「啊下禮拜再麻煩勒。」

「沒啦，下禮拜才要麻煩你們。」楊隆平回應。

「那我們就先走囉。」王碩彥說道，準備轉身就走，但瞥了一眼那裝死貓的紙箱，還是忍不住，便有意無意的提了一下：「你那個要趕緊處理一下嘿，不然天氣熱，會臭。」

「知道啦，啊也是要放一下，多少有用，嚇一嚇那些剩下的貓。」

王碩彥沒多說什麼，上車，走人。

柳定宇已經回到車上許久了，但他坐在副駕駛座，臉色憔悴，驚魂未定，沒辦法開車。

直到王碩彥載著他駛出楊家的三合院大宅，他才感覺好一點，但他還是沒辦法接受剛才的畫面。毒死那麼多貓，還一副沒事的樣子，將屍體陳列在紙箱內給他看，他來這裡三個月，第一次遇到這種事。

「還好嗎？」王碩彥問道，開著車，一面用手拍了拍柳定宇的肩膀。

「我這樣很丟臉嗎，副座？」柳定宇問道。

「不會啊，他又沒看到，而且我也很想吐。」

「老一輩是不是真的沒什麼動保概念？」

「嗯，對。」王碩彥想了一下，說道：「貓跟狗，和老鼠或蟑螂，在他們眼裡是沒有區別的，有些人的思想就是這樣。」

「好像也有道理，畢竟嚴格講，都是一條生命，不分貴賤。」柳定宇勉強回答道：「但那個狀況，我個人……是真的不行。」

「你這反應，我覺得可以了啦。」王碩彥打趣的說道，想化解氣氛：「我還擔心以你的個性，會想當場以動保法把老頭子給辦了勒。」

「我還沒那麼天真……」柳定宇說道：「可是，他在我們面前違法，我們沒處理，是ＯＫ的嗎？」

「有些事，無法用法律界定對錯，應該說，絕大部分的事情都是。」王碩彥沒正面回答，只是留給柳定宇自己去判斷。

就在這時，搖曳的雨刷前，忽然間晃出一個白色的東西。

王碩彥緊急踩煞車，嘰的一聲，只差一步就和那東西撞上了。然而那東西卻沒有停下，竟然滾了上來，啪噠落在引擎蓋上，直接擠在玻璃上。

這才看清楚是一個人形，披頭散髮，面色猙獰，眼睛凸出來，在大雨中眨都不眨一下，布滿血絲的瞪著座位上的兩人。

這回，連王碩彥都被嚇到了，柳定宇更是嚇得縮住身體，將臉藏在膝蓋之中，吱啞的喊了些聽不清楚的叫聲。

王碩彥咬緊牙關回歸冷靜，原以為那是具屍體，自己撞上了一具屍體，誰知他竟然動了，王碩彥才知道那是個人。

對方面色蒼白，嘴角抽搐，像隻魔鬼一樣，一巴掌拍在玻璃上，然後齜牙咧嘴的朝柳定宇所在的副駕駛座走來，用力拍打窗戶。

「哇啊啊啊啊！」柳定宇嚇死了。

王碩彥抱住柳定宇的頭，安撫他，心中一股怒火四溢，拿起座駕旁的警用廣播器，大聲罵道：「你他媽找死啊，黃立德，給我滾！」

原來對方並不是什麼魔鬼，也不是什麼殭屍，而是當地一個吸毒過量的神經病，經常出現騷擾別人。

「我他媽叫你滾你聽見沒有？」王碩彥再次用廣播器吼道，一邊猛按喇叭，見對方還不消停，像發瘋一樣拍打窗戶，他直接就下車了。

「副座，不要走！」柳定宇神智不清的喊道，抓著王碩彥不放，真的被嚇傻了。

「不要走！」

「在車上等我。」王碩彥說道。

誰知王碩彥冒著雨才要走過去，神經病就從他身上亮晃晃的警用雨衣認出他的身分，哇啦哇啦大叫：「警察殺人啊！警察不要殺我！警察殺人啊！救命啊！警察殺人！」

神經病赤著腳落荒而逃，一搖一擺的往上坡路跑去，看樣子是要跑到楊家三合院去。

「你他媽給我回來，不要跑去騷擾人家！」

「我操，你給我回來，聽見沒有！」王碩彥氣呼呼的罵道。

但任憑雨淋在身上，夜色漆黑，也再沒有那人的蹤影。王碩彥縱使心裡憋著一股怒火難耐，也只能悻悻然的回到車上。

他身上的雨衣都是水，頭髮上也是水，見柳定宇還在顫抖恍神，便順道用雨水噴了噴他：「嘿，所長，嘿，醒醒！」

「所長，剛才那就是一個神經病而已，所長！」

柳定宇的眼神這才重新聚焦。

王碩彥擔心節外生枝，便又倒車，回到楊家三合院附近看看。他們繞了數圈，沒有見著神經病黃立德，只有裝死貓的紙箱一次又一次經過眼前，最後只得作罷，離開三合院。

「今天真是衰小，什麼怪事都碰上了。」王碩彥不禁抱怨。

柳定宇閉著眼睛，往後躺在傾斜的坐椅上，不敢接近車窗，似乎還在消化剛才發生的事情。

王碩彥將車開回台8線上，平穩的駛了一段距離才試探性的問道：「所長，你沒事吧？」

「沒事。」柳定宇筋疲力盡的回答。

「剛才那只是一個神經病，叫黃立德。」王碩彥接著說。

「我知道，我聽過他。」柳定宇盡力維持神色。

「沒事就好。」

又過了一段時間，柳定宇這才開口問：「副座，你怎麼都不會怕？」

「我？」王碩彥回道：「我也會怕啊，你沒看我剛才也被嚇一跳。」

「你哪有，你很冷靜欸，你還敢下車去找他。」柳定宇說道，轉頭望向王碩彥，他這才了解到兩人之間的差距，若換作是他，即使知道對方不是鬼，自己也絕不敢下車。

「不下車他根本不會離開。」王碩彥答道。

「不是，不是這個問題。」柳定宇苦笑：「是你怎麼敢下車？你也太勇敢了吧？」

「因為我們是警察。」王碩彥隨口回答道。

卻因為這句隨口的話，讓柳定宇閉上了嘴，他瞬間覺得自己很丟臉，身為一個警察，竟以為世界上真有殭屍，而被嚇得動彈不得，這還像樣嗎？

王碩彥意識到自己說錯了話，便逐漸放慢車速，停在路邊，決定撥出點時間來告訴柳定宇一件重要的事情。

「所長，你知道我為什麼不怕嗎？」他問道。

「為什麼？」柳定宇問道，卻有些消極，悶悶不樂。

「因為我們警察有個天生的護身符。」

「護身符？」柳定宇不解，被這句話給引起好奇。

的右腰上。」

「對，避邪專用，帶上它，什麼魑魅魍魎都不怕。」王碩彥淺淺一笑：「你現在就帶著呢，在你

「蛤？真的假的？」柳定宇被唬住了，伸手一摸，還真的摸到個冷冰冰的金屬東西。

他低頭一看，這才發現自己被耍了，並不是什麼，就是槍，他們警察隨身配戴的警槍。但隨後一想，自己並沒有被耍，一摸到槍，他心裡瞬間就踏實了。

是啊，他可是有配槍的人，還受過專業訓練，什麼危險的東西一來，砰的一聲就解決了，又怎麼會怕一個裝作殭屍的神經病？

王碩彥見他好多了，便明白這招奏效，告訴他：「我年輕的時候，到了什麼刑案現場、凶殺現場，只要感到害怕，就會拿出槍來，看一看，然後就不怕了。」

柳定宇點點頭，不用多說，真的有效，那沉甸甸的重量已經給了他十足底氣。

「人家說槍桿子出政權，我們不只帶槍，我們還是警察，是正義的化身，一出場就帶著七分正氣，加上槍給三分，十分，滿分，鬼看到我們還得躲著走，怕什麼勒？」王碩彥越說越起勁，他的勇氣正是這份職業與多年的經驗所賦予的，他還真就沒怕過什麼東西，遇到壞人就打，遇到神經病就抓，遇到鬼？他還真沒碰過鬼。

「副座你說得很對，我現在覺得，以後不管碰到什麼東西，好像都不會怕了。」柳定宇由衷說道：「不過……」

「不過？」

「不過我們派出所，你不覺得怪怪的嗎？」

「怪怪的？」

柳定宇面色有異，印堂發黑，煞有其事。子不語怪力亂神，他原本不想說的，但見此時此刻氣氛適當，便把一個憋在心裡已久的祕密說出來：「其實我們派出所，每到凌晨的時候……」

第四章

柳定宇就住在派出所三樓宿舍，只有他一個人住那裡，其他人通常下班了就回家。見和王碩彥已經打開了話匣子，他便將這三個月以來所經歷的某件怪事說出來：「每到凌晨的時候，三樓的天花板就會傳來咚咚咚的敲門聲，都是十二點多我剛要睡的時候。」

宿舍的床是鐵製的，分上下鋪，鏽跡斑斑，但鋼骨還完好。柳定宇原先睡上鋪，但自從出現怪聲後，他就改睡下鋪了。

「怪聲？」王碩彥皺眉問道：「不是老鼠嗎？偶爾會有老鼠在天花板爬。」

「不是老鼠。」柳定宇卻篤定的搖頭，身為一個有經驗的人，老鼠的聲音他是聽過的。當年讀警察學校時，宿舍也是分上下鋪，跟現在的狀況一模一樣，但老鼠竄過的聲音應該類似於指甲抓鐵板，嘰嘰叩叩叫，而不是派出所裡咚咚的敲擊聲。

「絕對不是老鼠，我也有懷疑過，還放黏鼠板，但沒抓到東西。」柳定宇直接否定這個可能性。

「雨滴呢？」王碩彥問道，見柳定宇描述得這麼仔細，便拋出另一個假設：「石坑這地方整年下雨，要是滲水，也有可能咚咚的滴下來。」

「也不是欸。」柳定宇還是搖頭：「沒下雨的時候也有聲音，而且我有上去看過，很乾燥，都是灰塵。」

「上去看過？」王碩彥不理解這話的意思。

「那個天花板是可以打開的，一格一格都可以推開。」柳定宇說道：「我直接從上鋪推開，探頭進去看，除了電線和水管，什麼都沒有。」

「風聲呢？風灌進來也有可能。」

「風會產生像敲門一樣的聲音嗎？」柳定宇表示懷疑：「而且很準時，每天都是那個時間點出現，風有這麼規律嗎？」

就是這麼奇怪，才讓柳定宇不得不提出來，否則他大可以不當一回事。每天忙都忙死了，哪還得專程下山去買黏鼠板來？

「我們派出所，三樓的上面，還有門嗎？」柳定宇問道。

「門？當然沒有啊。」王碩彥回答。

「可那真的就是敲門聲。」柳定宇篤定的說道：「叩叩叩，咚咚咚。」

「等等回派出所我幫你看看吧。」王碩彥不願做過多的猜想，便說道。

王碩彥是無神論者，而柳定宇也是，這三個月來，面對每晚的敲門聲，柳定宇是疑惑多過害怕的，他照樣住，照樣睡，沒打算搬走，只想知道是啥玩意兒在搞鬼。

但今晚看到了死貓，又被吸毒瘋子給亂一下，可真是差點被嚇出病來，心神都不寧了。要他一個人在鬼會敲門的三樓過夜，心情上不禁有些扛不住。

兩人回到派出所時，已將近十點鐘，小簡老早就在值班台旁邊準備好床鋪，電腦和手機都開著，看影片看得哈哈大笑，準備「值宿」。

所謂值宿，就是像這樣睡在值班台，邊睡邊上班，被動等候報案。若有民眾臨櫃敲門，或是緊急電話響起，都要受理。

王碩彥停好車，和柳定宇走進派出所後，就將派出所打烊。他將鐵門放下，玻璃窗上鎖，門外燈火關掉一半，準備下班。

見小簡還很白目在那裡喝飲料看影片，他不禁罵道：「衣服穿好，你還在上班！」

小簡立刻翻過身來，從床上跳起：「啊，是！是！」

值宿是要穿制服的，要配槍，要聽無線電，不能隨便衣衫不整。

「真是不像樣。」王碩彥叨唸道，進入槍械室歸還裝備，但一想起被小簡和劉矮山聯手搞的那齣，便又怒火中燒：「喂，小簡！」

「是，副座，怎麼了？」簡振庭立刻跑過來，制服鈕扣都已經扣好了。

「你將功贖罪的機會來了。」王碩彥瞄了一眼樓上，微微賊笑：「等下裝備帶著，上樓，你今晚不要在一樓值宿了，去三樓。」

「蛤，為什麼？」

「你今後有上值宿班，就到所長房間門口待著，保護所長。」王碩彥說道，將計就計，既然樓上有怪聲，就順道利用一下免費的警力，看究竟是什麼妖魔鬼怪，敢在太歲頭上動土，敲派出所的天花板。

「那電話怎麼辦？無線電呢？」小簡手足無措的問道。

「都帶上去，摺疊床也帶上去，等等我要看到你弄好，出現在三樓啊，別忘了你原先還欠我一堆警衛班。」

小簡苦著臉，原以為可以開開心心的吃宵夜，看影片入睡，這下全都泡湯了。

柳定宇說，敲門聲大概都在凌晨十二點半到一點多之間出現，但現在才十點而已，王碩彥可沒打算浪費自己的時間陪他，便將這差事丟到小簡身上。

但基於道義，他還是在下班前，上三樓去看看柳定宇的房間，查查究竟是怎麼一回事。

「就從上面傳來的。」房間裡，柳定宇已經換掉了警服，指著天花板說道。

王碩彥第一眼卻是注意到周遭的環境，這房間原本是個倉庫，骯髒凌亂，現在竟被整理得井然有序，衣架是衣架、書櫃是書櫃、桌子是桌子，連窗戶也被擦得煥然一新，儼然比女孩子住的地方都還乾淨。

「欸，小簡，上去看看。」王碩彥盯著柳定宇手指的地方，說道。

「啊？我？」一直在旁邊待命的小簡愣住。

「對，你今晚就值宿在所長外面。」王碩彥說道，並催促小簡爬上去。

小簡只得遵照命令爬到柳定宇的上鋪，彎曲著身子推開上頭的天花板，他的頭才剛探入那黑漆漆的空間，就立刻被嗆得連連咳嗽。

「我就說有很多灰塵了。」柳定宇擔憂的問道：「你沒事吧？」

「咳咳，沒事，所長。」小簡回答道：「你們讓我找什麼啊？」

「看看有沒有老鼠，或漏水的地方。」王碩彥不耐煩的說道，他一點都不好奇上面長怎樣，也不相信有什麼鬼敲門：「拿手機照照看。」

就這麼探了個兩分鐘，小簡也沒找到什麼可疑的地方，只說上面很髒，和柳定宇的說法基本一致。

「風吹到某個塑膠片或樹枝，拍出來的聲音吧？」王碩彥推斷道，依舊認為只有那幾種可能：「要是真不行，明天請人把上面拆了看看。」

「哎，不用啦。」柳定宇一聽要這麼勞師動眾，反悔了：「我想想也沒什麼大不了的，可能就和你說的一樣，是樹枝的聲音吧？」

「今天晚上重點觀察吧，剛好下雨了，風又大，漏水漏風的，全都查一遍。」王碩彥說道，讓小簡下來，給他分配任務：「你今晚重點看守凌晨十二點到一點多啊，耳朵放機靈一點，聽聽是不是老鼠作祟。」
「遵命，副座。」
「那就先這樣吧。」王碩彥朝柳定宇打了個招呼：「我就先下班了。」
「好，今天感謝你啊，副座。」
「不會。」
今天確實發生了不少事情，但真正要出亂子的，卻是在明天。
王碩彥已經和劉矮山鬧翻了，就因為請假，還有擅自開竊案的事情，這兩樣並不好解決，都非常棘手。
王碩彥原本明天休假的，但因為劉矮山明天有上班，所以他也只能給自己明天又排班，以對付劉矮山。明天石坑所的組合，將會是雙主管搭配一個劉矮山，總共三個人。
明天才有得玩呢。

隔日，上午九點鐘，王碩彥準時到了派出所。
劉矮山十點上班，以他的習性，大概要十一點才會來，即使和王碩彥有架要打，也絕不會提早一分一秒來上班，所以選這個時間是對的，王碩彥足足比劉矮山要多了快兩個小時整理思緒。
小簡昨天包日包夜的執勤了快二十四個小時，現在，才把值班工作與無線電交到王碩彥手上，宣布下崗，換王碩彥值班。

是的，在石坑所，缺乏警力的時候，主管也是要值班的。原先王碩彥是安排由劉矮山交接小簡，今天就所長和劉矮山兩個人上班，但基於突發狀況，他便給自己強行安插了進去，讓小簡能夠提早兩個小時左右下班。

「結果昨晚有抓到鬼嗎？」王碩彥朝正在脫裝備的小簡問道。

「沒有啊，可是……」一提起這件事，小簡就來勁了，兩隻眼睛睜大，頗有三姑六婆講八卦的味道：「真的有咚咚咚的敲門聲，超大聲的，嚇死我了！」

「哦？所以是什麼聲音？」

「我哪知道是什麼聲音，敲兩次就不見了啊。」

「我是讓你去幫所長抓鬼的，不是叫你去參觀的。」王碩彥沒好氣的說道：「你們就什麼也沒做嗎？是不是老鼠？」

「不是，老鼠沒那麼大的力氣，它那真的是敲門的聲音。」小簡描述道，並喊冤：「我也有幫所長找聲音啊，我們兩個還沿著天花板把三樓的房間都巡過一遍，但還是不知道聲音從哪裡來的。」

「今天我再請欸山看看好了，他值宿。」王碩彥越聽越奇，脫口說道，但想想又不對：「算了，欸山只會睡覺，要他爬個樓梯到三樓，肯定不願意。」

「那我就先走囉，副座。」小簡朝他招招手。

「趕快去吧。」

王碩彥整理著執勤裝備，一想到今晚劉矮山會和柳定宇單獨在派出所裡度過，心底就不太樂意。怕是等會兒就要趕緊將事情給了結了，避免夜長夢多。

他一踏入所長室，就見柳定宇早已上班，在位置上審批公文。

所長是責任制的，排班時間只能當作一個參考，該看的公文還是得看，有突發狀況還是得處理。一年三百六十五天，一天二十四小時，不是所長當值，就是副所長當值，一秒鐘的缺口都不會有。

「副座，你這假單怎麼沒批准啊？」柳定宇知道是他來了，頭也不抬，就拿起昨日劉矮山和簡振庭的請假單問道。

「下禮拜『季醮』，不能請假。」王碩彥簡短的說道。

「但我看警力好像是夠的，至少要准矮山學長這張吧？」柳定宇問道。

「有祭典就不能請假，這是規矩。」王碩彥道出石坑所的鐵律：「一個請了，另一個下次也會請，怎麼樣都不公平。所以下禮拜五個人要全員到齊，包含你我。」

「了解。」柳定宇點點頭：「但基本上，老學長請假，就要給過沒錯吧？這是尊重。」

王碩彥不說話了，他見柳定宇另一隻手壓著同樣發生在昨天的刑事陳報單，便明白，柳定宇還沒理解到這兩件事之間的因果關係。

這不心裡剛想完，柳定宇就說到了點子上：「那副座，這個竊案怎麼辦？我們昨天才討論到一半而已。」他舉起刑事陳報單問道。

「不能送，先壓著。」王碩彥回答。

「壓到什麼時候？」

「壓到處理完為止。」

「怎樣算處理完？」柳定宇接著問。

王碩彥停頓了一下，才說：「把竊盜改成遺失，要認準了是『遺失』兩個字，才能送出去。」

「蛤？」柳定宇愣住，他沒想過會有這招：「竊盜改遺失？怎麼改？」他皺眉，覺得匪夷所思：「我還以為我們講的處理，是要破案？怎麼會是改案子？」

當然不是破案，他們要解決的從來就不是案件本身，而是案件背後的那些壞心眼。

「遺失是遺失，竊盜是竊盜欸，這要怎麼改？」柳定宇再三追問，十分疑惑：「筆錄要重做嗎？一個有賊，一個沒有賊欸。」

「你等會兒就知道了，那個先給我。」王碩彥走過去，接下了整份竊盜公文，數了數包含陳報單、筆錄、三聯單與一些佐證資料，厚厚一疊，這箇振庭弄得還挺齊全的嘛，無可挑剔。

「你要去哪裡？」柳定宇引頸望著他的背影問道，有些不安。

「值班。」王碩彥晃了晃手中的無線電，走下樓梯：「我現在是值班。」

竊盜筆錄，王碩彥已經有許久沒有接觸過這東西了，他坐在值班台，稍微翻了一下，開始了解案情經過。

被害人是黃雪蛾，王碩彥知道這人，勤勞得很，比她丈夫都還勤勞，每天起早貪黑都在梨子園工作。他們家的梨子園是她丈夫祖傳的，但勤勞久了，長年下來，大家只會說「阿蛾的園子」、「阿蛾的梨子」，再也沒提起她老公。

黃雪蛾梨子園的嫁接工具丟了，這嫁接的究竟是什麼工具？其實就是一種彈簧短剪刀，還有整箱整箱的種苗。王碩彥不相信剪刀丟了會來報案，仔細一看，果然主要是種苗丟了，損失將近上萬元。

怪就怪在，賊怎麼會去偷種苗？種苗，就是樹枝，這東西變賣不易，銷贓極難，所以才會被隨意放在園子裡，想來想去，只可能是同行所為。

但，也不可能是同行所為，在石坑，大家都認識，誰家的田種了什麼，啥時要進種苗，啥時一起團購，都是說好的，有誰忽然間反常，或是手上多出幾箱種苗，那是立刻就傳遍千里的。

王碩彥也有理由相信，當地的善良百姓不會去幹這些狗屁倒灶之事，因此，反覆推敲後，這案件，最後還是得回歸到楊家頭上。

「嗯……」王碩彥晃著椅子，翹腳思索。

一般，這些農作的種苗，都是由農民直接向當地的農會或產銷班購買的，但在石坑，以及整個東勢山區，卻不是。他們的種苗，都是向楊家買的，只有楊家手裡弄得出他們每年所需的、高品質的嫁接苗，甚至，所有相關的農會也都由楊家所把持，東勢這邊的鎮農會（現在改叫區農會），總幹事正是楊家的二房長子，農會裡的幹部，也都有楊家的身影。

可以說，整個東勢的農業命脈，都掐在楊家手裡，農會、水利會，萬年來都由楊家掌控，沒有改變過。從種子到果樹、從肥料到塑膠袋，全都由楊家說了算，甚至最後長成瓜，也是楊家派車來幫你載走的，給你多少錢就是多少錢，不准討價還價。

黃雪蛾的種苗被偷，只可能和楊家有關，普通人是不偷這東西的。王碩彥在石坑待了將近十年，什麼怪事都見過，這嫁接工具遭竊，是近幾年來才出現的，他就不說別的，就只推論一件事——肯定是黃雪蛾有哪裡得罪楊家人了。

「零四，二五八七……」王碩彥拿起派出所電話，照著筆錄裡黃雪蛾家的號碼就打。

在東勢，只要你是種果子的，從生產到收穫，全都要按照楊家人的規矩來，若有不從，他們就弄你。輕則阻礙你，不給你肥料、不給你水；重則直接毒死你家的樹，或是把你排擠出銷路之外，讓你的果子就算熟成，也只能爛在田裡。

所以，山裡人有山裡人的遊戲規則，東西被偷，閉著眼睛也知道是誰幹的，這並不是報案就能解決的。王碩彥推敲了這麼多，現在打了電話給黃雪蛾，也不是要幫黃雪蛾伸張正義，只是想告訴黃雪蛾：

快來撤案唷，把竊盜改成遺失，大家方便好做事。

「喂？」電話很快就接通了，王碩彥喊道：「黃雪蛾嗎？」

「你誰啊？哪裡找啊？」電話另一頭傳來吵雜的聲音，黃雪蛾似乎正在忙。

「黃雪蛾嗎，我是那個，石坑派出所啦。」

「蛤？哪裡？」

「石坑派出所啦。」

誰知黃雪蛾一聽到這五個字，態度立刻冷淡了，周遭的雜聲也小了不少：「啊有什麼事嗎？」她問道。

「妳前天不是有來報案嗎？那個竊盜案啊。」王碩彥說道。

「啊有什麼事嗎？」黃雪蛾再次問道，態度非常疏離。

王碩彥見她這麼異常，明明是自己來報案的，現在又很抗拒接到警察電話，分明有鬼，便換個方式說道：「可能要請妳來做個補充說明。」

「還要做什麼說明？」黃雪蛾果真十分排斥，絲毫沒有想抓到小偷，拿回失竊物品的意思：「那天不是跟你們警察講很清楚了嗎？」

「還是有些地方要再問仔細一點。」王碩彥耐心的說道，可不想在這裡栽了，要是不能成功讓黃雪蛾改案件，自己麻煩就大了：「我是副所長啦，要請妳再跑一趟，我這才能送件，真的啦，很重要。」

「……」對方不說話了。

「妳不方便來，我過去也行，我們現在有筆記型電腦。」王碩彥趕緊說道。

誰知對方那裡忽然傳來一陣騷動，有好幾個人在講話，接著就是黃雪蛾大驚失色的聲音，桌子翻倒，雞飛狗跳。

「喂，喂，黃雪蛾妳沒事嗎？黃雪蛾？」王碩彥以為是黃雪蛾遭遇了什麼危險。

「黃雪蛾！」

「黃雪蛾！」

「大人啊，我現在沒空跟你講那些啦，唉唷。」黃雪蛾的聲音傳來，驚慌中帶著委屈，委屈中能聽見她在奔跑。

「妳怎麼了？」

「妳那裡怎麼了？喂！喂！」

王碩彥連連叫道，對方卻直接掛了電話，任憑王碩彥再打第二次，也沒人接了。

王碩彥雖然擔心，但黃雪蛾並不像是遇到了生命危險，派出所也暫時沒有多餘的警力，一時之間，他竟束手無策，除了打電話外，完全不知道該怎麼辦。

「我去你的。」王碩彥罵道，摔下電話，也合上了筆錄。

此番出師不利，可真是不太妙，他們能壓竊案的時間並不多，三聯單已經開了，柳定宇又在刀口上，要是三天內沒得出個結論，就必須將案件送分局，否則「知情不報」這四個字先戴在柳定宇頭上，就能讓柳定宇提早出局了。

「喂？許先生嗎？」王碩彥又撥了另一通電話：「許明財嗎？」

「你誰啊？」對方粗魯的問道。

「啊你太太出事了你不知道喔？」王碩彥忍不住譏諷道：「你太太黃雪蛾出事了，你人在哪？」

「蛤？出事？」對方不理解王碩彥的話，且對方正是黃雪蛾的老公，梨園真正的主人：「啊你誰啊？」

「你先去看你太太吧，連你太太出事都不知道！」王碩彥氣得就掛斷電話。

原本還想從許明財那裡了解一下黃雪蛾的狀況，結果許明財一副剛睡醒的樣子，知道的都沒有王碩彥多，這可把王碩彥氣得，難怪人家都只記得黃雪蛾的名字，這老公有嫁跟沒嫁一樣！

就這樣，王碩彥抱著筆錄在值班台白忙一場，兩個小時過去了，不出所料，那個該來上班的人來了。

十點五十四分，劉矮山騎著他那台破摩托車，噗嗟噗嗟就上山來了。看著雖然挺滑稽的，但一下車，就好似迸出一個彪形大漢，虎虎生風的朝派出所走進來。

「十點鐘的班，你也不看看現在幾點了。」王碩彥坐在值班台，冷眼朝他說道。

劉矮山哼了一聲，沒理他，提著午餐往電視那走去，絲毫沒有要和王碩彥交班的意思。

「我叫你去找黃雪蛾來改筆錄，你找了嗎？」王碩彥大聲問道。

「喂，我在問你話，你有沒有聽見？」

「你到底想幹嘛？」劉矮山不耐煩的聲音終於傳來。

「我叫你去改筆錄，你昨天沒聽清楚嗎？」

「筆錄又不是我開的，我讓你去找小簡，你昨天才沒聽清楚吧？」

「你要是不出面，那個黃雪蛾會來改筆錄嗎？」王碩彥坐在值班台，隔空和他叫嚷：「別以為我不曉得你們在耍什麼小手段，是誰讓黃雪蛾來報案的？又是誰偷走她東西的？你心裡沒點數？」

「你他媽廢話講那麼多做啥，王碩彥，我的假你也擋了，耍威風你也耍了，還不夠嗎？」劉矮山朝地上狠狠一跺腳，邊跺邊吃飯。

「你他媽你才給我搞清楚，你弄一件竊案出來，要不就把凶手找出來，要不就撤掉！」

「你們倆，在吵什麼啊？」此時，柳定宇終於被驚動而下了樓，向兩邊查看。

王碩彥和劉矮山都沒說話了，但王碩彥想了想，越想越氣，並不打算善罷甘休，便走到了大廳公文櫃上，簽名打卡的地方，大大的揮上了一筆。

警察的出勤退勤，全靠一個本子記載，每到了換班時間，比如巡邏換值班、值班換守望，也是以簽名簿上的記錄作為依據。

劉矮山是早上十點該出勤的班，卻到了現在十一點才來，而且，直到此時此刻，他都還不願意換上制服，也不願意簽名打卡，和王碩彥交接值班無線電。

王碩彥索性就拿出了他的紅筆，以主管的身分，在簿子上簽下了「十一點零三分」，這麼一來就把時間押死了，劉矮山想補簽「十點鐘的值班」勤務，已經來不及了，在時序上他落在王碩彥的十一點之後，不可能再簽十點，會出問題。

這一筆就是個炸彈，代表了劉矮山的曠職，遲到超過一個小時就相當於曠職，要被懲戒處分。劉矮山還悠哉悠哉的在後面吃午餐，絲毫不知道王碩彥已經發動了攻擊。

「副座，你幹嘛呢？」柳定宇還在門邊那裡觀望。

「沒事，我出去一下。」王碩彥回答道，順手就將無線電放桌上，管他劉矮山要接不接，反正現在就是劉矮山的責任：「等會兒如果有什麼事，就打電話給我。」他朝柳定宇囑咐道。

「喔。」柳定宇臉色複雜的點點頭，靈敏的問：「會有什麼事嗎？」

「不知道。」王碩彥暗自一笑，就等劉矮山看到本子後爆炸吧。

王碩彥騎著機車，離開派出所，不去哪裡，就去找黃雪娥。

除了有筆錄要更改外，他也擔心黃雪娥的狀況，黃雪娥的聲音聽起來很不妙，雖然不像遭遇到什麼危險，但也能聽出她大受打擊。

王碩彥往山前的村寨騎去，一下子就進到村裡頭了，這裡很小，他拐了幾個彎就到了黃雪娥家裡，卻怎麼按門鈴都無人回應。

「大人啊，你來這裡做啥呀？」此時，鄰居冒出頭來問道。

王碩彥雖然已經來快十年了，當地人還是拿他當外人，稱他為大人，只有像劉矮山那樣土生土長的當地人，才會被視為自己人。

「黃雪蛾去哪了妳知道嗎？」王碩彥問道。

鄰居一聽，趕緊招招手，神色有異，既多嘴又怕被別人知道：「大人啊，你消息還真靈通，那個阿蛾，他們家的樹都被毒死了啦。」

「什麼？」王碩彥愣住。

「他們家整片，那個梨子啊，都被用農藥毒死了啦！」鄰居熱心的說道：「剛剛才急匆匆的跑出門去看勒。」

不久前，王碩彥才提到他這些年所看過的種種怪事，沒想到說什麼就來什麼，竟然真被毒死了，王碩彥不必想像，也能知道黃雪蛾有多晴天霹靂。

「啊他們家的果園在哪邊？」王碩彥問道，心神不寧，覺得自己還是得去看一下。

「後山那邊啦，你一直騎，看到路邊停一台三輪車的，那就是了，那阿蛾家的三輪車啦，剛剛才出門。」鄰居回答道。

「知道了，感謝。」

事不宜遲，王碩彥馬上就調頭，騎車回山上。

當他來到有三輪車的果園時，黃雪蛾已經在樹下哭成一團，兒子女兒在旁邊哄都沒用，那哭得有多淒涼，就有多淒涼。

放眼望去，半甲的農地，原本翠綠的果樹，葉子全都掉光了，沒掉的也都黃了。樹枝在太陽的照耀下，裂的裂、岔的岔，整個就死透了。

散落在枯葉之間的，有一桶又一桶不知名的空農藥，裝的也不知是什麼劇毒，會不會污染土地。

「啊你爸爸呢？」王碩彥朝那家人走近，也不知該安慰什麼，只好朝大兒子問道：「又不在？」

對方沒回答，只是朝王碩彥露出個你知我知的哀怨眼神，繼續安慰母親。

黃雪蛾的小女兒比較冷靜，她不住這裡，和這梨園沒什麼感情，碰巧回來就趕上了這事兒，便對王碩彥娓娓道來。

原來，他們家真是和楊家槓上了，打從去年開始，黃雪蛾的兒子就想將梨園轉型，不僅透過網路來販售梨子，還打算弄個「產地直摘一日遊」這種親子活動，來推廣自家梨子。

誰知這事直接觸碰到了楊家人的底線，損害了楊家的利益：你在我的地盤上做事，豈能繞過我，將梨子賣給其他人？況且還搞什麼摘果一日遊，簡直造反了！

但楊家也不是沒給過黃雪蛾機會，他們警告、派人來喊話、不給種苗、不給肥料，可黃雪蛾的大兒子就是沒屈服，從別處弄來了種苗和肥料，可謂是關關難過關關過。

然而，所謂的關關難過關關過，在楊家人眼裡只不過是屢勸不聽、執迷不悟，於是就有了今日的悲劇。

「好了，別再講了。」黃雪蛾一把鼻涕一把眼淚的讓小女兒住嘴，然後又往大兒子那一倒，搥胸頓足的說：「我早就告訴你了！我早就告訴你了！不要這樣亂搞，現在你看看啊，嗚嗚嗚嗚嗚，這些都是你爸爸的祖產，三、四十年的老樹啊！」

聽她哭得，王碩彥都不勝唏噓，半輩子的血汗就這樣沒了。

小女兒其實話說得隱晦，字句之間都沒提到楊家人，只提到農會兩個字，但黃雪蛾還是將她打住，不讓她繼續說。即使受了天大的委屈，她還是忌憚於東勢盤根錯節的地方勢力，她現在已經一無所有了，不能再失去什麼了。

王碩彥又往梨園看了一遍，捏著公事包裡的筆錄，最後只得大大嘆一口氣，作罷，扭頭回派出所。他實在不忍心再拿出那份筆錄讓黃雪蛾改，黃雪蛾一家現在也沒這個興致了，連邊兒都不想再跟楊家沾染上，所以他只好默默離開，不再打擾他們。

回程的路上，王碩彥心裡千頭萬緒，但他沒有那個本錢去同情他人，正如那夜，楊隆平肆無忌憚的在堂堂警察所長面前，展示那些貓屍體一樣，有些事情搬出法律都說不清楚，這片梨園也一樣。

王碩彥收起情緒，重新聚焦，沉甸甸的筆錄在公事包裡晃來晃去，他終歸，還是得先解決這起竊案的源頭，也只能先解決源頭。

第五章

當王碩彥回到派出所時，劉矮山已經發現自己簽名打卡的地方，被王碩彥給佔了，「十一點零三分」幾個大字，硬是押死了他的出勤時間，他簽也不對，不簽也不對，只能選擇不簽。

「王碩彥，你這是在幹嘛啊！」王碩彥一回到派出所，劉矮山就舉著簽名簿在大廳咆哮：「你簽這什麼東西？」

「你十點鐘的班，我等你到十一點，十一點了你還不簽到，你現在反過頭來問我？」王碩彥壓抑著心中的怒火，瞪著他問道。

「原本和我交接的就是小簡，不是你，你自己硬要排進來的！」劉矮山可精明得很，他記得原本的班表，今天只有他和所長上班，王碩彥是多出來的：「你故意要弄我是嗎？」

「所以如果是小簡，你就敢賴他的班？」王碩彥反問。

「你他媽到底要針對我到什麼時候？現在就劃掉，馬上！」劉矮山指著簽名簿上的字說道。

「你好大的膽子敢這樣對我說話？」王碩彥怒道。

「我就敢，你現在給我劃掉，我要簽名！」

「我就不劃。」

「你不劃是不是？那我自己劃！」劉矮山說著說著就將簿子甩到桌上，按著那頁就拿出了筆。

「你敢劃一個字試試看，你頭頂上司的簽的東西，你要造反了，敢當著我的面劃掉？」王碩彥瞪著他。

劉矮山繼續回嘴，但本子壓在桌上老半天，看著那象徵主管的紅字，他還真就下不了手，他握著筆百般猶豫，還真沒膽大包天到敢竄改出勤記錄。

「那你現在到底要我怎樣？你給我改班，改成十一點半上班！」劉矮山拍著桌子說，確實，改班是目前唯一的解法。

「我都故意壓『十一點零三分』了，你覺得我會給你改班？」王碩彥冷冷說道。

「你他媽這小子！」劉矮山氣炸了，和他大眼瞪小眼：「好啊，你……你純心要和我過不去就是了？」

「誰和誰過不去還不知道。」王碩彥火冒三丈，從公事包就拿出黃雪蛾的筆錄：「現在知道改不了的痛苦了吧？你給我搞這齣，我也給你弄一齣，大家都不用好過！」

「又是那東西，你犯傻了是吧？筆錄送出去就得了，被罵就所長被罵，大不了所長倒台走人，到底干你我屁事啊！」劉矮山毫不掩飾的說道，從頭到尾就沒把竊案當一回事過。

柳定宇就躲在樓梯口偷聽，方才劉矮山發現簽名簿被簽，大發雷霆，他躲在二樓沒敢下來，現在王碩彥回來了，他才敢下來聽聽兩人吵架，誰知劉矮山直接提到自己。

「來喔，所長你都聽到了了喔？所長你過來。」王碩彥早就注意到柳定宇，便朝他招手呼喚。

劉矮山見柳定宇就在旁邊，露出了一秒的不自在，但卻恬不知恥，別過頭去，毫無心虛悔過之意。

「你剛剛說的話是什麼意思？你敢再說一遍嗎？」王碩彥問道，脖子的青筋突出來，完全忍不下去了。

劉矮山沒說話，柳定宇也沒敢走過去，還站在樓梯邊。

「所長，打電話給督察組。」王碩彥說道。

「蛤？」

「打電話給督察組，說派出所有勤務缺失，要他們馬上過來。」王碩彥重複道，他決心要重懲眼前這個人。

「你敢？」劉矮山立刻將頭轉回來，咬牙切齒的瞪著王碩彥說。

「我敢，所長，打電話！」

「不是，這個……」柳定宇一臉凌亂的走過來，不明白就一會兒工夫，怎麼兩人就鬧成這樣子了：「前幾天不是還好好的嗎？」

「我他媽叫你打電話！」王碩彥殺氣騰騰的轉而瞪著柳定宇說，這一切的一切還不是為了柳定宇，現在他竟然還著幫外人，糊里糊塗在狀況外！

柳定宇嚇了一跳，只好摸摸鼻子，跑到值班台去打電話。

王碩彥和劉矮山還在對峙：「怎麼，你剛剛講的話，現在當所長的面不敢再講一次啊？」

劉矮山岔開話題：「我要是被懲處，你也不會好過，絕對。」

「那就要看誰的位置比較有利了。」王碩彥微笑：「從現在起，你只要上班我就跟著上班，遲到一分鐘我就懲處，該巡邏巡邏，該值班值班，有什麼缺失我就記什麼。」

「好啊，你還真以為自己很偉大，給你點顏色就開染坊了是吧？」劉矮山不甘示弱：「我一通電話過去，你明天副所長就不用做了，換我當副所長。你以為督察組來很厲害？我現在就叫組長過來。」

「好啊，你去叫啊，有一說一有二說二，你剛才出言忤逆上級，監視器都錄得到。十點的班你十一點才到，監視器也可以調到。還有你手上的本子，簽到不確實。以後我不知道會怎樣，調職也無所謂，但等會兒就算鬧得魚死網破，我也要記你申誡。」

劉矮山沒有在怕那一丁點懲處的，但見王碩彥都說到了這個地步，他還是退縮了，他只剩三年就退休了，未來可不想跟一個瘋子在這裡死嗑。

「你到底想要我怎樣，王碩彥？」劉矮山問道，目光停在那疊筆錄上：「就改筆錄？」

「也不用改了。」聽到這個，王碩彥更加火大，他不想有人去打擾黃雪蛾一家，至少在這個節骨眼上，別再去人家傷口上灑鹽：「不必！」

「不用改？那你到底要我做什麼！」劉矮山氣得跺腳。

「你給我道歉！」王碩彥怒道，指著柳定宇說：「向所長道歉。」

「蛤？」劉矮山愣住了：「道什麼歉啊？」

「你捅出一個竊案，不必跟所長道歉嗎？」王碩彥就爭一口氣。

「關我屁事啊！」劉矮山被這個要求給氣炸了，要他做什麼都可以，向柳定宇這小鬼道歉？沒門兒！別說有損他尊嚴了，根本是侮辱！

「不道歉你我就沒完。」王碩彥繼續指著柳定宇：「你要不要道歉？」

「呃，副座，其實不用這樣……」柳定宇弱弱的說道。

「你給我安靜！」王碩彥打斷他，繼續逼問劉矮山：「你要不要道歉？」

「不要！」

「你，要，不，要，道，歉？」

「不可能！」劉矮山怒目瞪視著他。

兩人吵了老半天，這分局的督察組，終於來了，但速度之快，卻超出原本的效率好幾倍，也不曉得柳定宇在電話中是怎麼說的，是不是說派出所的兩大長老打起來了，不然怎麼會這麼快。

「怎麼了怎麼了？」督察組急匆匆的走了進來，一個警務員，一個巡官，兩人一進門就看見王碩彥和劉矮山吵得火熱。

王碩彥沒說什麼，拿起簽到簿就指責劉矮山出勤有缺失，遲到超過一小時，應當以曠職論處。但他並不提這背後的角力，提了也沒用，分局的人多半也摻雜其中。

果不其然，督察組一來就是充當和事佬的，對王碩彥和劉矮山，都是一口一個學長，一口一句息怒。反倒是旁邊的柳定宇遭了殃，被警務員斥責不會管理派出所，學長都吵起來了還在看戲，命令他趕緊去泡茶。

這本不是王碩彥所樂見的，卻也在預料之中，督察組自然動不了這實力堅強的兩座山，更不可能真的記劉矮山懲處，只得將矛頭擺在柳定宇身上。

「學長啊，我說不要這麼生氣，大家共事這麼多年了，有事好商量嘛。」警務員打哈哈的對王碩彥說道，帶著大夥兒在後台坐下，泡茶聊天。

但王碩彥可不吃這一套，他今天不是請督察組過來當吉祥物的，他得將態度表明清楚：「警務員，我們有句話是這樣說的吧？尸位素餐，庸庸碌碌。」

這話說得可尖銳了，聽在耳裡都得把耳膜給戳破，警務員的臉色立刻就垮了下來，只有一旁不明事理的小巡官和柳定宇，以及壓根兒沒什麼文化的劉矮山，聽不出個所以然。

尸位素餐，表面上好像在說劉矮山的缺失，但暗地裡就是講實了，你們督察組如果今天不處理好，就是愧對職務，沒有作為。

王碩彥將原本被收起來的簽名簿拿過來，重新擺在桌上攤開，並將今天的勤務表一併擺在警務員面前，讓他處理，一點迷糊仗都別想打，任何責任都別想推。
「學長啊，我說，你這遲到了一小時，確實是不太對。」警務員只得黑著臉，朝劉矮山說道：「儘量還是要早點起床，準時出勤，知道嗎？」
劉矮山雙手抱胸，臭著臉不說話。
「警務員在跟你講話呢，不回答啊？」王碩彥趁機補兩句，見事態要擴大了，便朝柳定宇打了個暗號，讓他藉口上樓拿東西，別在這裡受到波及。
「我說什麼呢？這裡怎麼說都是你對，你最對，誰叫你是副所長？」劉矮山酸溜溜的說道。
「唉唷，你看，警務員，他就是這樣跟主管講話的，你說我以後要怎麼排班？平時要怎麼管人？」王碩彥攤手說道：「他對我都這樣講話，那對所長就更不客氣了。」
「那這個，你認為要怎麼處理比較好，副座？」警務員苦笑著，望向王碩彥，巧妙的又將球丟回他身上：「你們內部的管理，內部自己要處理好比較妥當吧？」
「哪有分什麼內部外部，我們整個分局就是一個內部。」王碩彥接話道：「我和所長已經盡力管理了，結果這傢伙剛才說什麼，要死讓所長自己去死，這話傳出去能聽嗎？」
「我沒有那樣說！」劉矮山氣得吹鬍子瞪眼，姑且不論王碩彥添油加醋，竟然連這種同事間私底下的話都抖出來，太卑鄙下流了。
「你沒有那樣說？要不調監視器啊。」王碩彥說道。

「好了好了，別吵架了。」警務員已經耐心用盡，被王碩彥暗諷得一肚子火，又被劉矮山的態度給惹得不太爽，好歹他也是個官，虎落平陽被犬欺，為何非得在這地方遭罪：「那你打算怎麼處理，副座？」他還是將球丟到王碩彥頭上。

「勤務條例怎麼規定，我們就怎麼懲處。」王碩彥回答道。

「那勤務條例怎麼規定？」警務員進一步問道。

哎呀，這傢伙，竟然死不肯揹鍋？

「我不是督察組啊，我法條又沒那麼熟。」王碩彥豁出去了，要和警務員對幹到底：「我也是糊里糊塗當上副所長的啊，他們又沒人要當，又沒人要扛責任。」他瞟了劉矮山一眼：「一般曠職都怎麼處理啊，警務員？」他堅持將這件事定調為曠職，而不是遲到。

警務員嘴唇都快抿破了，無奈之下只得說：「員警遲到或早退未達四小時，以申誡一次論處。」他唸出法條，硬是將曠職又改回遲到。

「那就這麼處理。」王碩彥雙手一拍，定了。

申誡一次或記過一次，從根本上沒太大意義，重點，他要看到有人流血，要看到有懲處出現。

「好啊，你個毛小子，竟然真的記我申誡了！」劉矮山指著警務員說，一看警務員派手下去印了勤務表和缺失記錄，整個人都跳起來。

「學長，注意你的語氣。」警務員板著臉孔說道。

「王碩彥，我跟你沒完沒了！」劉矮山指著王碩彥的鼻子，氣呼呼的走到陽台抽菸去了。

「你現在是值班，上哪去呢你？」王碩彥繼續追打。

「好了，學長。」警務員攔住他，不想再把事情搞大：「這申誡你也記了，氣你也出了，這樣就好了。」

「申誡現在是記了，但氣有沒有出，要過些日子才知道。」王碩彥意味深長的望著警務員，話說得婉轉，卻是告訴警務員，這懲處可千萬要簽下來，別唏哩糊塗給搞沒了，他兩隻眼睛記得他的臉，別耍兩面手法：「有勞你了，偶爾派出所還是要靠更上層的監督，才能運作得更好。」

警務員沒多說什麼，讓手下將資料收集齊全，便不高興的走了。

王碩彥送也沒送，望著督察組的車駛離前院，這才上樓去。

「副座，你這是在幹嘛啊？」一進所長室，柳定宇就緊張的問道，他一直待在這沒敢踏出一步：「人家都騎到你頭上了，想把你弄掉，你還搞不清楚狀況？」王碩彥忍不住罵道。

「怎麼會記學長申誡？太過火了吧？」

柳定宇縮了一下，不講話了。

王碩彥嘆了一口氣，往旁邊的椅子坐下，喝了口茶壓壓情緒。

這也不能怪柳定宇，這些台面下的鬥爭，王碩彥也沒對柳定宇提過，任憑柳定宇再怎麼聰明，也體察不到石坑的水深。

「刑事陳報單就是劉矮山弄的，不給他一點下馬威，他還會搞第二齣。」王碩彥開門見山的說道。

「蛤？是他弄的？」柳定宇愣住，困惑的釐清一下案情：「所以，他和簡振庭是一夥的？」

「沒什麼一不一夥，大家都是同夥的，只有你是另外那一夥。」

「什麼意思？」柳定宇問道：「我有做錯什麼事嗎？被排擠？」

「也不是做錯什麼，大家生活無聊，拿你尋點樂子罷了。」王碩彥意興闌珊的說道：「你從外地來的，又年輕，好像桌上在爬的螞蟻一樣，人人走過都想捏一把，看著礙眼。」

「這樣有什麼意義？」柳定宇問道，完全不能接受：「對他們有什麼好處？」

「沒好處。就是沒意義，才說拿你當樂子。」

公家單位、民營事業，在任何體制都一樣，菜鳥就是會有一段困難期，想當初簡振庭剛來時，還不是被叫來叫去，該跑腿跑腿，該拖地拖地，即使到了現在也不見得有改變多少。只不過，柳定宇的身分和簡振庭不一樣，所以被欺負的方式更加畸形而已，而且這畸形，是會要命的。

王碩彥不講得太多，就讓柳定宇去自己理解，當務之急，應該是將黃雪蛾的竊案給解決了。他們和劉矮山的關係已捅破，手上能先處理掉多少事，就先處理掉多少事。

「蛤？她們家的樹被毒死了？」柳定宇一聽王碩彥的描述，眉頭都皺起來：「聽起來很嚴重欸。」

「是很嚴重。」王碩彥點頭說：「人家一輩子就照顧那些樹，現在生計都沒了，也不知道下一步該怎麼走。」

「那現在不就有兩起刑案了？一個是東西被偷，另一個是樹被毒？」

「不會，還是只有竊案而已。」王碩彥平靜的說著：「山裡人不喜歡報案，你看前些日子，工具被偷的不只有黃雪蛾，但也只有黃雪蛾來報案。」

黃雪蛾會來報案，還不是受了「未知力量」所為，要來給石坑所添亂。王碩彥就不猜這未知力量是誰了，反正十之八九和劉矮山有關，也和楊家有關。

劉矮山和楊家的關係一直很密切，他畢竟是警察，在當地還是挺管用的，想查什麼案件、想關說誰、問誰，直接找劉矮山都比找議員還快。不只劉矮山，其他人包括王碩彥自己，或歷任所長，也都會賣楊家面子。

但王碩彥始終都把持得很中立，拿捏得當，沒收過什麼骯髒錢，至於劉矮山有沒有，王碩彥就不知道了。劉矮山這人特別懶惰，可楊家山上那一大口子，每每有什麼婚喪喜慶，道路要封起來，都不帶申請的，由劉矮山一手包辦，免流程，你說有哪個警察這麼熱心助人？

「現在要把這案件處理掉，好像只剩一個方法了。」王碩彥悶悶不樂的說道，將那疊筆錄丟在桌上。

「什麼方法？」柳定宇問道，腦袋轉得快，還是回歸那句：「破案嗎？」

「對。」

「咦咦咦？」柳定宇嚇一跳，他講破案講那麼多次，這次終於答對了。

這可真是滑天下之大稽了，警察破案本是天經地義，但在這裡，他們繞了一大圈，企圖解決案件的存在、解決提出問題的人，最終才想到要解決案件本身，繞回了原點。

「竊盜改遺失都行不通，就只能破案了是吧？」柳定宇點著頭，翻開筆錄查看，竟顯得有些高興。

王碩彥看著他，心裡覺得五味雜陳。

柳定宇不只一次提出要破案，但王碩彥都只當笑話看，這是要破什麼案呀？破到最後，就是查到楊家人頭上，你敢去抓一個坐擁農會、水利會，家族成員遍布議會、區公所、市政府的一幫人嗎？況且，人家說棒打出頭鳥，你這一個剛來的小鬼，破了刑案，分局不會高興，也沒人會替你鼓掌，只會更加深大家對你的敵意。現在若不是沒第二條路可走，王碩彥也不會動破案這個點子。

他不忍心去折磨黃雪蛾那家子改筆錄，只能是來折磨自己人。

「你打電話給小簡一下。」王碩彥說道。

「為什麼，他不是休假嗎？」柳定宇看了一眼班表問道。

「他開出來的竊盜案，他不過來幫忙，要我們一個所長、一個副所長處理，豈不造反了？」王碩彥不滿的說道，也只有在鄉下單位有這種場景，要是在城裡，誰開出來的竊案，誰就得處理好。

回想起來，小簡昨晚還在那吃餅乾看電視，完全沒有一點警察的自覺，王碩彥越想越氣，這到底是誰教出來的白目小子？連點基本的規矩都不知道！王碩彥沒有提點，小簡真當自己開完三聯單就沒事了，可以拍拍屁股走了？

「現在馬上把他叫回來。」王碩彥說道，準備好好料理料理這小鬼：「順便把其他同仁都叫回來，統一六點鐘開會，二樓集合完畢。」

「啥？這麼嚴重嗎？集合所有人？」柳定宇第一次碰到這種狀況：「而且簡振庭才剛下班欸，在睡覺吧？」

「他昨天晚上不是有睡了嗎？值宿跟睡覺有什麼區別？」王碩彥冷冷說道，既然這件事已被定調為竊案，就得按竊案的規格來處理：「石坑所萬年沒有出竊案了，現在發生了，全部的人都得集合，少給我置身事外。」

柳定宇打電話的時候，王碩彥心裡已經有了一個清晰的輪廓，他們是要破案沒錯，但不是要真破案，而是只破外面那一層。

他沒有想要動楊家人，他只需要抓住那個實際偷東西的竊賊就好，不需要抓到幕後主使者。他閉著眼睛也能知道是哪些混混被楊家當槍使，他只要能逮到其中一個頂罪，這事就算交差了。

但縱然只是這麼做，也存在一定程度的風險，王碩彥不知道這樣一查，楊家人的反應會如何，分局的反應又會如何。或許一個派令下來，他和柳定宇就被調走了，但事已至此，他只能繼續往前走，沒有回頭路。

如今他才知道，要保全柳定宇，竟是如此步步驚險。不過，這招險棋也有走的價值，攻擊就是最好的防禦，如果能順利破案，楊家又沒有吭聲，就能一鎚到底的奠定柳定宇的威嚴。反之，倘若一直挨打不還手，將很難走到最後。

「都聯絡了，副座。」柳定宇放下電話說道。

「有跟他們說全部改班了？」王碩彥問道，改班就意味著他們非來不可，因為已排入正式的班表。

「有，每個都確定了。」柳定宇點頭。

「好。」王碩彥看了看窗外，難得的天氣晴朗，不像是會下雨的樣子：「那我出去一下。」

「你要去哪裡？」柳定宇問道，這時候他可不知道要做什麼。

「去破案。」王碩彥說得很籠統。

「蛤？怎麼破案？那我也要跟！」

「你待在派出所，你先處理日常公文。」

「不是啊，你要怎麼破案？我也要跟，我也想知道！」柳定宇沉不住氣了，殷切的說道。

老把他當小孩子也不好，王碩彥想想便說：「我到黃雪蛾的園子看看，說不定竊賊有留下什麼指紋。」他想到了那些空的毒藥塑膠桶，雖然毒樹案跟竊盜案是兩個案件，但王碩彥深信它們大概率是同一人所為，多少能查到一點線索。

一聽是要從桶子採指紋，柳定宇更坐不住了：「怎麼採指紋？我也要跟！還有什麼破案方法？」

「等等，你真的要待在派出所。」王碩彥安撫道：「你還得鎮住樓下那個不老實的，而且指紋也不是我採，我如果發現什麼線索，會打電話回來，你再聯絡分局的偵查隊。」

「怎麼聯絡啊？要打給誰？」柳定宇越聽越混亂，真的是知道的越多，就越了解自己的渺小：「副座你是怎麼懂這些的啊？我看只有你懂這些啊，其他學長都不知道在幹嘛。」

「因為我在別的地方待過，和他們這些混吃等死的不一樣。」王碩彥莞爾一笑。

柳定宇的心情真的很複雜，他見王碩彥已經在找雨鞋，準備要下田勘查了，除了佩服，還是佩服。王碩彥有十足的主管架勢，從剛才和劉矮山對峙到現在，柳定宇完全不知道自己要做什麼，一個竊案如果丟到他手上，他真的會無所適從。

假如沒有王碩彥，只有他自己和其他三個下屬，他不敢想像會發生什麼事，這回，他才真正意識到自己和王碩彥之間的差距。

「副座，你會被換掉嗎？」柳定宇忽然問道。

「啊？」王碩彥沒聽懂這話的意思。

「我說，如果你被換掉怎麼辦？」柳定宇擔憂的說：「剛才劉矮山說了，他會找人換掉你，他說的是真的嗎？」

「不用理他，我不會被換掉的。」

「為什麼？」

「他們不敢換掉我，至少在這個節骨眼上。」

柳定宇的疑慮是有可能的，劉矮山和楊家人，分分鐘就能換掉他，只需要一紙公文罷了。但分局也不是傻子，一個單位再怎麼結黨營私，也需要會做事的人，石坑所的所長已經夠菜了，要是再沒有王碩彥，就等著爆炸吧。

「你擔任所長，劉矮山擔任副所長，你覺得分局長有可能讓這種事發生嗎？」王碩彥笑道，不把話說得太明，免得傷了柳定宇的自尊心：「所以你儘管放心，劉矮山絕不可能當副所長的，那樣石坑所就廢了。」

分局是想弄柳定宇，但也不能弄得太過火，要是沒有個靠譜的副所長來收拾善後，百分之百會連累到分局自己，說不準還會把分局長給搞下台。

別的就不說了，就說內部管理就好，要是正副所長都是雷包，那估計分局長半夜都睡不安穩，隨時會傳來「警察清槍誤傷同事」、「巡邏車撞毀電線桿」、「派出所疑瓦斯未關，釀火災」等等奇聞軼事。

如果所長不是柳定宇，王碩彥還不敢保證自己不會被換掉，但只要柳定宇還待在這裡，他就一定得是副所長，沒有別人了。這也是當初為何柳定宇會被派來這裡的原因，東勢旗下十一個派出所，放眼望去，分局也只敢把柳定宇丟這裡，因為王碩彥是最可靠的，單位編制又小。

王碩彥到梨園勘查，找到了些他預料之中的線索，就是那些丟在地上的農藥桶，以及當初裝嫁接工具的塑膠籃子，這些都可以採集指紋，或多或少能得到線索。再說了，梨園的棚子下有許多大雨沒沖掉的腳印，做些調查，或許還能有意外收穫。

即便沒有監視器，想破一件刑案，就還是有這麼多線索可以下手，否則在二、三十年前，監視器還沒被發明的年代，豈不是每個案子都成懸案了嗎？

但這些都需要有經驗的累積，才使得上力，知曉門道。人家說「警探」、「警探」，其實警和探是兩回事，當警察的不見得個個都會辦案，會辦案的，也不見得是警察，若兼具警和探兩個身分，就絕對是不可多得的人才了。

王碩彥是新北人，在很多城市都待過，刑警的身分佔據他職業生涯的一半以上，至於為什麼來到東勢，和大夥兒都一樣，想過過退休生活罷了。

他不老，卻也不年輕了，人生的前半段經歷太多事，現在的他需要休息了。這篇故事，暫且不講他的生平，這是石坑的故事，是楊家人的故事，不是他王碩彥的。

「開會開會，快點坐好。」一時間到了晚上六點，王碩彥早已從梨園回來，在二樓主持會議。

石坑所是小單位，沒有例行會議，一般有重要的事情都是在Line群組發布，或電話告知，因為警力是稀缺資源。若非緊急狀況，絕不會輕易集合這麼多人。

簡振庭、劉矮山、柳定宇、王碩彥，再加上石坑所的最後一名警員，潘韋翔，這五人算是湊齊了。

二樓並沒有什麼會議室，就只有所長室罷了，眾人就是拿椅子圍著所長桌，聽所長講話。

「來，小簡，你來講講為什麼開會？」王碩彥按捺著情緒說道，還沒見到這夥人，就已經先動怒三分。

「啊，我？」簡振庭愣愣的站起，柳定宇頻頻給他打暗號，他也看不懂。

「講啊。」王碩彥催促。

「我也不知道……」

「你不知道！就因為我們派出所發生一件竊案，現在全部的人都得在這裡！」王碩彥大聲罵道：「我不是叫你破案嗎？你有在破嗎！」

「有、有啊！」小簡心虛的說道。

「你怎麼破？」

「就、就……」小簡想了一會兒：「明天再去問問報案人啊。」

「明天？」王碩彥氣得都不知道該說什麼：「問什麼？怎麼問？」

「問她有沒有看到小偷啊。」

「你他媽她假如有看到小偷她還需要來這裡報案？」王碩彥拿起筆錄就往他扔過去：「你學校都這樣教你的嗎！」

小簡閃躲不及，被筆錄給砸中臉，柳定宇十分嚴肅，潘韋翔則笑出來，劉矮山還在賭爛早上發生的事，和王碩彥勢不兩立，從頭到尾臉都別到一旁，哼個不停。

面對這幫草包，王碩彥真是暈了，包含柳定宇在內，有哪個是能打的？

「老潘。」王碩彥喊著潘韋翔，直接給分配工作了：「你去找這份名單上的人，讓他們講講案發當天都幹嘛去了，整理一下，明天都叫來做筆錄。」王碩彥拿出一張紙，上面都是石坑轄區內長年滋事的混混名單。

「啊？就我一個？」潘韋翔接過了紙，他是石坑所年紀最大的警員，再兩年就要退休了。這就別說找人了，紙上的字都不見得看得清楚：「就我一個人？」

「對，因為我們沒人可用了。」

「你在開玩笑吧？再怎麼樣也得有個人載我。」潘韋翔嘀咕著，往旁邊的劉矮山看去：「欽山，你載我。」

「隨便。」劉矮山臭著臉說。

你娘的，王碩彥在心裡罵出來，就是派去找些人罷了，竟然還要別人載？再說王碩彥可沒想讓他開車啊，巡邏車他等會兒還要用勒。

但礙於潘韋翔年紀最大，王碩彥最終也沒能阻止，就這樣眼睜睜看著潘韋翔和劉矮山一前一後的走了，浪費掉兩個警力和一台車，劉矮山的任務也沒派成，這都是些什麼豬隊友？

「那我勒？我要做什麼？」小簡的聲音傳來，讓王碩彥回過神。

「還能做什麼？就剩三個人！」王碩彥白了他一眼。

五人所的悲哀，走了兩個人，現在扣掉他和所長，也只剩一個人。

「你去梨子園，拿封鎖線把出入口都圍起來。」王碩彥說道，再拿出另一張紙：「另外，你聯絡這兩個人，他們都一樣是嫁接工具被偷的，你請他們來做筆錄。只做筆錄啊，別開案，別蠢到開三聯單啊。」

「蛤？我的工作怎麼這麼多？還有內有外的。」小簡苦著臉。

「因為你家劉矮山跑了，你就做兩個人的工作！」王碩彥毫不留情的說道：「自己捅的簍子自己承擔！」

簡振庭也走了之後，就剩下王碩彥和柳定宇兩人。

柳定宇能理解為什麼要做另外兩份筆錄，因為竊賊很有可能是同一個，所以要儘量收集證據。他也理解為什麼要找小混混，因為他們是潛在嫌疑人，但他就不懂為什麼要設封鎖線了。

下午的時候，偵查隊不是已經將園子裡的指紋、腳印都採完了嗎？現在又設封鎖線做什麼？

「這叫先下手為強，告訴大家，警察在查這件事。」王碩彥回答道：「既然決定要辦，就要辦澈底一點。」

他沒說出口的是，這也能順便試試水溫，踩踩楊家人的底線。

「先下手為強？」柳定宇還是有疑慮：「難道不會打草驚蛇嗎？」

「該採的指紋腳印，我們下午都採完了，所以不怕凶手事後滅證。」王碩彥解釋道：「現在我們處於被動狀態，沒方向，如果能打草驚蛇，激出點什麼火花來，說不定就有新線索了。」

「原來如此。」柳定宇恍然大悟。

這山裡的人普遍沒那麼聰明，不是高智商犯罪，所以，要辦這案子，其實沒太大困難，難就難在，他們已經知道幕後主使者是誰了，卻還得在這樣的角力之下，抓一個替罪羔羊出來。

「走吧，該我們出動了。」王碩彥說道，照慣例，在易下雨的夜晚，穿起警用外套。

「車被開走了，我們現在要用什麼交通工具？」柳定宇問道。

「騎機車唄。」

連簡振庭的任務都分配完後，再來就輪到他們辦事了。

他們要去抓一個人。

第六章

五人所的單位，要破案並不好使，派出所總得要有人顧。

王碩彥和柳定宇，一直在派出所等到簡振庭圍完封鎖線回來，才將派出所交接給他，然後出門。山裡的七點鐘，已經漆黑一片了，騎機車出來，又和開車有不同的感覺。依舊沒有路燈，依舊樹影幢幢，但吹得了山風，聞得到泥土味兒，著實降低了恐怖的氣氛，倒有夜行郊遊之感。

王碩彥帶著柳定宇，先在山前的公路繞了一遍，沒有進入村寨，然後才調頭往山後駛去。涼風打在臉上，讓柳定宇精神抖擻，他望著王碩彥的背影，第一次體會這種感覺。這就是所謂的巡邏吧？兩人一組，配著槍，穿著制服，在轄區內巡視，他只有在別地實習的時候經歷過幾次，正式派任後就沒有過了，因為石坑所的警察是不巡邏的。

兩人緩慢的騎著，越往高處走，氣溫越冷，剛才還讓他滿身大汗的警用外套，這時卻變得暖和了。

王碩彥騎在前頭，時速不快，雖看起來氣定神閒，但很明顯在找什麼。

他說他們要抓一個人，柳定宇沒有多問，他到現在還不知道王碩彥的計畫。

難道王碩彥已經知道小偷是誰了？

「我們要來抓鬼，所長。」這時，前方的王碩彥忽然熄掉車燈說道。
「咦？抓鬼？」柳定宇愣住。
「對，關燈。」
柳定宇不明就裡，只得遵照指示，一起關閉了車燈。
這下，那詭譎的氣氛都回來了，兩人在黯淡的月光下，緩慢穿梭在山林間。引擎的聲音並不小，卻無法掩蓋那些蟲鳴鳥叫，尤其沒了車燈的干擾，樹葉的影子都看得一清二楚，好似回到了開車那夜。
「所長，你會怕鬼嗎？」王碩彥問道。
「啊？」這沒頭沒腦的問題讓柳定宇不曉得該怎麼回答：「我是不信，但如果真的有，我應該會怕。」
「會怕就好，會怕才能保持警惕。」王碩彥說道：「啊會怕的時候怎麼辦？記得我跟你講過什麼嗎？」
「槍。」柳定宇戰戰兢兢的回答。
「對，要隨時記得自己有槍，那可以讓你嚇退一切事物。」
柳定宇不自覺摸了摸腰際的槍，實在聽不懂王碩彥話裡話外的暗示。
難道真的有鬼？
兩人就這樣摸黑向前，這裡偏僻，一路上也沒見著半台車子。他們以低時速，騎了將近半小時後，來到了熟悉的岔路點，楊家三合院，遠遠就能看見山坡上十分明亮。

但王碩彥不打算上去，就在他準備調頭離開時，鬼來了。

「噓，所長，你有沒有聽到什麼聲音？」王碩彥旋即停下機車，熄火。

「什麼聲音？」柳定宇真的害怕了，也跟著熄火。

窸窸窣窣，真的有什麼東西，從林子那邊竄過來了。

因為太過安靜，柳定宇幾乎能聽見自己的心跳聲，他緊張的抓著腰際的手槍，若不是有王碩彥擋在前面，他真的會落跑。

那東西的聲音越來越大，越跑越快，聽著不像動物，更像是從實驗室裡跑出來的怪物。面對未知的一切，柳定宇的心幾乎要懸到了嗓子眼。

刷的一聲，某個猙獰的東西從草叢裡衝了出來，蒼白的臉在月光下淒慘而毫無血色，嘴巴像用縫的一樣，活脫是個厲鬼。柳定宇嚇得腿都軟了，這真是從實驗室裡跑出來的怪物！

「抓到了吧！」王碩彥卻毫不畏懼，打開車燈，照在那物體臉上。

誰知那物體根本不怕，衝著哪裡有活人，就往哪裡咬去，剎那間就竄到了王碩彥車前。

「大膽！」王碩彥文風不動，他見厲鬼衝過來，立刻打開警笛。

嗡的一聲，紅藍警笛迸發，竟將那厲鬼給嚇飛了魂魄，摔在地上哭爹喊娘。

柳定宇見到這一幕，便想起了什麼，但他還來不及反應，厲鬼便已扭頭跑去。

王碩彥立刻丟下機車，追上去：「站住！你給我停下來！黃立德！」

「所長，快跟上來啊，抓鬼了，所長！」

柳定宇這才恍然大悟，原來所謂的鬼，就是他們昨晚遇到的神經病，也不知為什麼今日又徘徊在此。

他馬上騎機車追上去，只騎一段距離，便見王碩彥和那厲鬼扭打在一起。

遠看像扭打，近看就是單方面的壓制了，王碩彥抓住了厲鬼的手臂，單膝跪在他背上，強力逮捕。厲鬼則趴著不停掙扎，嘴裡喊著救命啊，警察打人。

柳定宇不敢怠慢，下車幫忙，王碩彥卻叫他將手銬拿出來。

「所長，還愣著幹嘛？幫我上銬啊！」王碩彥喊道。

「用……用什麼名義？」柳定宇可不敢隨意上銬，這是他第一次逮捕人。

「毒品罪啊。」王碩彥下意識的回答，面對這毒蟲，先入為主的認為隨便一條就能逮捕。但他想想不對，他得說服柳定宇才行，便說：「他襲警啊，妨害公務啊，強制罪啊。」

聽到這些理由，柳定宇心中才有底氣，趕忙拿出手銬逮捕，口中唸著：「你因涉嫌違反刑法第一百三十五條，妨害公務罪，警方以現行犯逮捕，你有權保持沉默，無須違背自由意志陳述……」

王碩彥笑都快笑死了，這不先把人逮捕，還在那裡唸法條，若不是王碩彥身強體壯，這人都要跑了，一個瘦巴巴的毒蟲都能抓成這樣，將來還怎麼抓更狡猾的歹徒？

柳定宇被笑得臉都紅了，索性就不唸了，噘著嘴硬是給手銬上到最緊。

「啊我又沒遇到過，對我不公平啊。」柳定宇喊冤，一切發生得太快，這可是他第一次逮捕犯人欸，難道不該被謹慎對待嗎？他的第一次就這樣沒了耶，相關的權利告知也沒唸完，超爛的經驗。

「那你再唸一次啊，現在給你唸。」王碩彥說道。

「我不唸了。」

王碩彥笑著逗柳定宇，一面把被上銬的歹徒拖起來，讓他坐在地上。

歹徒就叫黃立德，跟昨晚遇到的神經病是同一位，他一見前面站了兩個警察，嚇得那是魂飛魄散，好似對警察有什麼陰影，可能曾經被王碩彥揍過。

「這傢伙是出了名的神經病，吸毒吸壞腦子了，常躲在路邊嚇人。」王碩彥解釋道：「當地人對付這神經病的作法很簡單，只要喊『樹頭公來了』，他就自行退散了。」

「我們有需要嗎？」柳定宇吐槽。

「是不需要，他怕警察比怕樹頭公還多。」王碩彥笑道。

「所以為什麼要抓他？」

「我們昨天不是看到他嗎？差點撞到他。」王碩彥說出他的猜測：「我懷疑就是他昨晚往黃雪蛾的田裡下毒的，不然下雨天，沒事幹嘛跑出來？」

「欸欸欸？」柳定宇聽了覺得很有道理，但想想不對又問道：「可還沒有證據就抓人，不太行吧？」

「所以我們先用妨害公務抓起來啦，他不是襲警嗎？」

「是沒錯啦……」柳定宇一臉淩亂，這可是顛覆他的認知了，雖然法理上站得住腳，但因果關係怎麼湊都湊不起來：「你都這樣辦案的嗎？」

「不然你想怎麼辦案？」王碩彥反問。

「就是……再謹慎一點……」柳定宇不曉得該如何接，他只不過希望他的第一次能完美一點，至少清楚一點罷了。他到現在，還不曉得抓的這傢伙最後會以什麼罪名被處理。

是妨害公務罪？（襲警）

還是毀損罪？（毒樹）

侵入民宅？（闖進私人田地）

或毒品危害防治條例？（王碩彥認定他是毒蟲）

「已經很清楚了啦，帶回去問就知道了，很順利欸，抓到這隻鬼。」王碩彥滿意的說道，挺起腰桿來，拿著手中的無線電就喊道：「六洞兩六洞兩，六拐呼叫。」

他喊著潘韋翔和劉矮山，也就是開走巡邏車的那兩尊寶。

人家說家有一老如有一寶嘛，他們可是有兩尊寶呢，才讓王碩彥和柳定宇得騎車出來抓歹徒，事成了之後還得在原地等待。

若有巡邏車，按照原定計畫，現在就能直接返程了。

「六洞兩六洞兩，六拐呼叫。」

「六洞兩六洞兩，六拐呼叫。」

「六洞兩六洞兩，六拐呼叫。」王碩彥又喊了幾次，然後便不爽的掏出手機來：「媽的，這兩個不正經的從來就不會聽無線電，耳聾喔。」

他打了電話給潘韋翔，讓他趕緊過來載人。

聯繫是聯繫上了，但以那兩隻老烏龜的速度，大概還要再等半個小時，才會見到巡邏車的影子。

「我其實，有點不懂欸。」柳定宇幫忙將王碩彥的機車騎過來，越想越納悶：「你如果確定這個人是歹徒，幹嘛還要派劉矮山他們去蒐集小混混的情報，叫小混混們明天來做筆錄？」

「因為還不確定啊。」王碩彥回答道：「他們都是嫌疑犯，只不過這個最可疑。」他拍了拍黃立德的肩膀，讓一直在裝死的黃立德差點沒嚇出尿來，又是一陣嘰哩哇啦。

「蛤？你還不確定？」柳定宇再次愣住：「這樣就逮人好嗎？」

「我們是用妨害公務抓他的。」王碩彥解釋。

「我知道，但你的目的是要破竊案沒錯吧？」

「對啊。」

「但你怎麼可以先用妨害公務抓了，才去問別的案件的線索？」柳定宇還是很凌亂：「要是問不出來怎麼辦？」

「那就放走唄。」王碩彥回答道，見柳定宇臉色不對，上了銬便不能輕易放走，便改口稱：「那就用妨害公務送辦唄。」

「……」

「哎，你幹嘛一直執著這個？」王碩彥說道：「反正就是要抓才有情報，你擔心的話，大不了再用保護管束咩。」

「咦，副座你也知道保護管束？」這話倒是令柳定宇眼睛一亮。

保護管束是針對精神異常者所做的法律規範，可以給警察有一定程度的上銬權力。見王碩彥並不是盲目逮人，連保護管束這四個字都講得出來，柳定宇便放心了不少。

畢竟逮捕這種事，可不能亂來呀！

很快的，神經病就被抓到派出所了，而潘韋翔、劉矮山和小簡也都一定程度的完成了王碩彥所交付的任務，讓柳定宇很是飄然，神采奕奕。

自從他來到石坑所，頭一次有這麼踏實的感覺，王碩彥就像魔術師一樣，說要有竊案就有竊案，說要採指紋就採指紋，說要抓歹徒，還真就抓了一個回來！

柳定宇身為所長，都有些信心膨脹了，他說不準真能名義上的主持一場竊盜案偵破，帶領石坑所交出一張漂亮的成績單。

他卻沒見到王碩彥的擔心。

「喂，你們兩個要去哪裡？」王碩彥朝槍械室喊道。

原來是潘韋翔和劉矮山打算告退了，正在歸還裝備，他們對這抓來的嫌犯絲毫不感興趣，連瞧都不瞧一眼，只想要趕快下班。

這番勞動已經超出了他們數年的額度，不想繼續再和王碩彥玩了。

「我把你們的勤務排到十二點呢！」王碩彥說道，想將警力留下來。

「王碩彥你別太過分了，今天已經記我一支申誡了，你還想怎樣！」劉矮山指著他的鼻子罵道，心裡憋了一肚子邪火：「美菲問我要不要回家吃晚餐，我說不用，她說讓加恩帶便當來，我說我在外面忙，她說你們怎麼這樣，我說沒辦法，我還沒吃飯呢我告訴你！」

「你的家務事不用告訴我。」王碩彥嫌棄的說。

「滾！」劉矮山朝他撞了一下，氣呼呼的就離開了派出所。

潘韋翔，潘老頭子也早已溜了，連句再見都不說一聲的，現在派出所就剩三個人而已，還帶一個嫌犯。

「你今天改值宿。」王碩彥對小簡說道。

「唉怎麼這樣……」小簡洩氣的趴在值班台：「我昨天已經值宿了欸。」

「你他媽再給我嘰嘰歪歪試試看！」王碩彥暴怒：「就你們兩個搞出來的竊案，所有人都要跟在後面收拾！」

小簡不敢再說話了，低頭整理方才所做的筆錄。

柳定宇坐在帶鐵欄杆的椅子旁，看守嫌犯，大氣都不敢吭一聲。

王碩彥深呼吸了幾口，讓自己恢復冷靜，然後去槍械室歸還裝備，脫掉這身沉重的束縛，打算來做筆錄，審問嫌犯。

他早就知道筆錄是得自己問的，這現行犯的筆錄和一般筆錄，完全不是同個等級的，整間派出所，只有他做得來，其他人壓根兒指望不上。

後續也沒什麼工作要分配了，小簡就是顧值班台，等會兒把派出所打烊，然後協助看管嫌犯這樣；柳定宇則是全程看著嫌犯，其他忙都幫不上。

「你老實講，昨天晚上你到後山去幹嘛了？」王碩彥朝黃立德問道，這些和當前襲警罪無關的東西，才是重點。

「問你呢。」柳定宇戳了黃立德一下。

黃立德像是驚醒一樣，被派出所明亮的燈光給照得頭昏眼花，嘴裡不停唸著：「不是我不是我不是我不是我不是我……」

他真的長得很恐怖，披頭散髮的，和電影裡的殭屍一模一樣，連妝都不必化。柳定宇不知道一般人得經歷多少次，才有辦法不害怕黃立德這副面孔，他很佩服王碩彥的霸氣，當時黃立德如厲鬼般撲上來，王碩彥竟有辦法吼住他。

「你給我講清楚，不要裝瘋賣傻。」王碩彥拍了黃立德一下，然後將黃立德從籠子裡拎出來，似乎很熟悉這個人的習性。

黃立德在王碩彥面前果然乖得跟什麼一樣，王碩彥叫他坐在位置上，他就坐在位置上，動都不敢動。

「昨天晚上在山上幹嘛？」王碩彥再次問道。

「丟東西……」黃立德嗚嗚噎噎的回答道。

「丟什麼東西？」

「丟東西。」

「丟什麼東西？」

「桶子。」

聲音從他的齒縫中流出來，其臭無比，讓王碩彥不得不拿包衛生紙丟過去，叫他摀上。柳定宇卻不在乎，他靠得很近，想知道王碩彥如何問案。

但王碩彥卻已經問完了，兩句話，黃立德講了桶子是他丟的，代表樹就是他毒的，至於具體是什麼毒法，又是誰叫他毒的，不重要，大家心知肚明，他們也沒有要辦那個案子。

現在就差處理竊盜案而已，只要黃立德承認黃雪蛾的種苗是他偷的，相關指紋又有驗出來，就能送件了。管他最後會不會被判有罪，對警察來說，只要人有抓出來，案子有送法院，這事情就結束了。

你問這樣會不會太隨便？對不起，沒有監視器，你抓誰都沒有鐵證，只能是找一個自白合理，指紋、鞋印又匹配的人丟出去，基本上就八九不離十了，不會冤枉什麼好人。

再者，依據現在的無罪推定原則，法官在沒鐵證的狀況下，多半還是會放人的。但前面講過了，判啥不判啥，對警察都沒影響，就當黃立德是來過個水的就行了。

「你叫什麼名字？」

「黃立德。」

「住哪裡？」

「沒地方。」

「身分證字號幾號？」

「不知道。」

王碩彥開始做筆錄，在進一步聽到黃立德承認剪刀和種苗也是他偷的之後，他認為事情可以照他所預想的那樣結束了，完美。

黃立德也算是個悲劇人物，居無定所，沒有親人，常在公路出沒，專嚇唬人，從王碩彥剛來石坑時，就已經在流浪了。

但黃立德從不乞討的，或許會有人疑惑，那他吃什麼？但王碩彥清楚知道，黃立德就是楊家養的一條狗，跟他其混混一樣，都是由楊家所資助的，在特定時機可以放出來咬人。早年的時候，黃立德還沒這麼瘋，樹頭公作醮時都能見到他的身影，扛著神轎跳著舞，要不就敲鑼打鼓。後來腦子壞掉後，楊家人就不讓他玩了，還拿樹頭公嚇唬他，警告他別接近三合院。

至於黃立德是怎麼瘋的呢？就是吸毒瘋的。

由於石坑派出所沒有在抓毒品，所以這事和他們沒什麼瓜葛，但黃立德卻是東勢分局偵查隊的常客。偵查隊就是早年的刑警隊，專門抓刑案，當時缺績效就專抓黃立德這些人。

黃立德等人有一個稱呼，就是「中年期的宮廟仔」，他們年近四十，行動不便，前科也累累，不再容易從法律中脫身，不如少年仔般，能七進七出法院。

所以，宮廟就會拋棄這些人，不再視他們為主力，頂多給口飯吃，偶爾拿出來使使。而這些中年期的宮廟仔，如果再不成家立業，再不替未來盤算，或接近宮廟的權力核心，就會淪為「老年期的宮廟仔」，孤獨流浪到死。

黃立德就是註定會成為老年宮廟仔的人，警察就喜歡抓這種人，腦袋不清楚，配合度又高，筆錄問什麼都說是。由於吸食毒品是輕罪，所以抓了又放，放了又抓，光這樣，警察和法院一年能玩好幾回，就跟免洗餐具一樣好用。

但就像宮廟利用黃立德一樣，警察總有一天也會用完這個黃立德，油盡燈枯。當吸毒過多，開始發瘋時，警察就不喜歡這個毒蟲了。

警察喜歡白痴，但不喜歡真的白痴，因為筆錄沒辦法做，還得依法請公家律師看照，如果失禁了還得把屎把尿，超級麻煩。

現在的黃立德，就是已經被利用完了，楊家不理，警察也瞧不上，哪天死在路邊，誰也不會意外。但王碩彥認為，楊家還是有給他幾口飯吃，否則他也不會活到現在。

——做為相應的代價，黃立德肯定替楊家幹了些什麼狗屁倒灶之事。

「以上所說是否實在？」王碩彥盯著電腦螢幕問道。

「實在。」黃立德雙眼發直的回答，面對警察的詢問已經成了反射動作。

「是否願意對以上所說簽名具結？」

「願意。」

「有無補充意見？」

「沒有。」

「好喔，上開筆錄於晚上十一點四十五分製作完畢，詢問人王碩彥，記錄人王碩彥。」王碩彥唸完後，將筆錄存檔。

他印出文件，讓黃立德在筆錄和眾多紙上簽名，然後做出一件眾人都不能理解的行為——他解開黃立德的手銬，比著大門，示意他可以走了。

「什麼！」柳定宇瞬間就炸了，立刻擋住門。

柳定宇孜孜向學的參與了整個過程，目睹了王碩彥的所有舉動，怎麼才一眨眼，王碩彥忽然說要放人了？他有錯過什麼嗎？

小簡也聽到了，趕緊跑來關心，連他都知道上銬的人犯不能隨便放走。

「我說他可以走了，你們沒聽到嗎？」王碩彥一面整理紙張一面說。

「為什麼！」柳定宇和小簡異口同聲問道。

「因為他不是嫌疑人，我們今天沒把他當嫌疑人。」王碩彥說道，在處理今天的案件時，他可是很有技巧的。

他將黃立德列為「證人」，而不是嫌疑人，如此一來，就不用押送罪犯，而且也不用因為黃立德有智能障礙而請律師。國家對有智能障礙的嫌犯可是很保護的，所以他才沒將黃立德列為嫌疑人。

這大半夜的你上哪兒去找律師？

「不是啊，你到底在幹嘛？」柳定宇傻眼，急得跳腳：「他是被我們上銬帶來的欸，我們限制了他的人身自由，怎麼能說放就放？」

「我們因為什麼原因把他上手銬？」王碩彥反問。

「妨害公務？」柳定宇回答。

「不是。」

「蛤？」柳定宇愣住，這跟一開始說好的不一樣啊。他再答：「毀損？」
「不是。」王碩彥還是搖頭。
「強制罪？」
「不是。」
「侵入民宅？」
「不是。」
「毒品？」柳定宇越問，就越覺得自己離譜，根本連點毒品渣兒都沒查到，他猜什麼鬼毒品。
「不是。」王碩彥還是搖頭。
「……」
「你再猜。」王碩彥莞爾，鼓勵的說道。
「難不成……保護管束？」柳定宇努力的想到了這件事。
「答對。」王碩彥打了個響指，給了柳定宇一記口頭嘉獎。
保護管束，是警察面對精神異常的人所做的緊急措施，可以限制對方的人身自由，直到對方恢復理智。
王碩彥就將這起逮捕行動定調為保護管束，反正所謂襲警，是警察說了算，警察覺得有就有，沒有就沒有。警察現在覺得沒有了，他們就只是擔心黃立德的安全，所以暫時管束他，現在見他冷靜，把他放走罷了。

「你，確，定，可，以，這，樣，搞，嗎？」柳定宇問道，用非常不信任的語氣。

「我做事沒有破綻的，所長。」王碩彥回答道，順手舉起了另一張紙，那是黃立德所簽的切結書，代表曾經受過警察的保護管束：「他現在走是最適當的，不然你還想怎樣？難道這時間要把他押送到分局拘留室去？」

「那你剛剛做的到底是什麼筆錄？」柳定宇還是雲裡霧裡，摸不清楚。

「黃雪蛾財物遭竊案，證人的筆錄啊。」

「那到底是個什麼鬼！」柳定宇都快崩潰了，抱著頭說：「黃立德不是嫌犯嗎？」

「從目前的證據來說，並不是喔，因為他只有口頭承認。」王碩彥笑著，頭頭是道的說：「為了保障人身自由，我們不能隨便把人抓起來，我們只能讓他作證人筆錄，描述當天的經過。要等指紋的採驗結果出來，才能確定他是不是嫌犯。」

「不是啊，為了保障人身自由，我們不能隨便把人抓起來⁇」柳定宇學他剛才講話的模樣，滿頭問號：「那你剛剛抓的是什麼鬼！」

「是保護管束。」

柳定宇聽得眼花撩亂，支吾半天才勉強整理出一個結論：「所以，你這是用妨害公務抓的人，問了竊盜案的證人筆錄，然後再拿保護管束當藉口放出去？」

「正確。」王碩彥再次彈指：「真聰明。」

柳定宇傻眼了，別說他從沒見過有如此荒唐的事，他相信其他更資深的人也不會見過這種事，到底是怎樣的鬼才邏輯，可以想出這種逃避押送、逃避請公家律師，然後又能順利完成筆錄的手法？

「欸。」王碩彥見黃立德還在發呆，踢了他一腳：「你可以走了。」

「啊……？」黃立德望向他。

「你可以走了，回去睡覺。」王碩彥大聲說道，並朝他扮了個鬼臉。

這鬼臉起了奇效，黃立德立刻跳起來，跟見著惡魔似的，大呼小叫的往門外衝去，一溜煙就跑個沒影了，小簡和柳定宇想攔都攔不住。

「還真的放走啦！」小簡目瞪口呆。

「不放走放你家好不好？」王碩彥鬧他。

「不要。」

「不是啊……」柳定宇苦著臉，思索再思索，還是覺得很不對：「就算都如你所講的，這個沒問題，那個也沒問題。但你這筆錄是證人的筆錄欸，這要怎麼結案？所謂破案，要抓到嫌疑人才算欸！」

「誰說破案一定要抓到嫌疑人？」王碩彥反問道，開始給柳定宇講些實務上的模糊地帶：「我們抓的這個黃立德，他雖然是做證人的筆錄，但他就是準嫌疑人的身分，我們送這份筆錄就能發破了，後續就讓偵查隊去處理就好，不然他們幹什麼吃的？我們提供的線索已經夠多了。」

「還可以這樣處理？」柳定宇納悶。

「可以，我們做到這個地步已經很了不起了，你看一般的值宿所有辦法做到這個地步嗎？」王碩彥胸有成竹的說道：「把這些釘一釘，送分局就成了，這不指紋鑑識還沒出來嗎？等鑑識出來了，讓刑警去結案就成了，我們已經仁至義盡，可以功成身退啦！」

王碩彥說的，那是一個中肯，劉矮山和小簡鬧這一齣已經夠離譜了，他們石坑所有辦法捉到嫌疑人，就更離譜了，簡直佛心。要是沒王碩彥，你看潘韋翔和劉矮山那副德性，有辦法破案嗎？

對派出所來說，完成這份證人筆錄，已算結案，分局也不太會拿翹了。畢竟才五人所，資源不足，竊案發生是派出所的錯，沒錯，但派出所已經找到了賊，剩下的，就交給刑警隊處理，術業有專攻。

柳定宇的這場危機，可說是塵埃落定了，既搞成要破案又沒破案，說沒破案又破了一半的，分寸得宜。況且筆錄是王碩彥做的，蓋的是他王碩彥的名字，都幹到了這個地步，誰要敢拿他說事，就太不厚道了。

話說回來，這案件本來就不能查得太仔細，黃立德為什麼偷東西？偷的東西又跑去哪裡了？這都問不得的，再問下去就要問到楊家人頭上了。

法官和檢察官最大的疑問，肯定也是：這樣一個神經病哪來那麼多農藥可以毒死果樹？或哪來的體力搬走種苗箱子？動機是什麼？背後有沒有人指使？

這全是未來攻防的重點，王碩彥和石坑所才不蹚這渾水，他們既得利益者愛玩，給他們玩去；正如早上他將記申誡的鍋推到警務員頭上一樣，這回，他也要將黑鍋推到偵查隊頭上，偵查隊莫要哀怨，若要怪，就去怪劉矮山和劉矮山背後的人吧，說不定追到底，還是自己人！

這就是王碩彥所要的，完美的結局，事情從來就不是只有一面，甚至也不只有一體兩面，而是有好多面。要將人情世故安排妥當，樣樣得宜，絕對是一門藝術。

「好了，剩下的明天再處理吧，大家可以休息了，所長，你也去休息吧。」王碩彥將筆錄釘一釘，丟到抽屜後說道。

柳定宇這時已經被王碩彥給說服了，他揉著眼睛說：「嗯，好，今天好累……」

「我已經在休息了！」小簡高興的說道，躺在值班台旁的床上。

「信不信我打你？」王碩彥作勢要揮拳過去。

就在這時，忽然傳來了沉重的敲門聲。

咚咚咚！

這一響，讓萬籟都俱寂了，柳定宇愣住，小簡的笑臉更是硬生生僵住，兩人不約而同的看向樓上。

王碩彥是反應最慢的那一個，他過了好一會兒，才想起柳定宇說過的，每到晚上都會傳來鬼敲門……

咚咚咚！

聲音再次傳來，這回，連王碩彥都無法再冷靜了，他曾經懷疑過柳定宇，但——

這他媽絕對是敲門聲！

第七章

聲音來了兩次就沒再出現了，王碩彥看了眼時鐘，凌晨十二點三十七分。

王碩彥睜大眼，朝小簡招手，讓他過來，一點聲音也沒發出。

小簡一溜煙就跑過來了，還以為王碩彥要跟他說什麼，結果王碩彥伸手取向他的腰際，拿走了他的警槍。

「副座，你要幹嘛？」小簡悄聲問道。

「樓上有人。」王碩彥用氣音說道，拉了下槍套，發出咔嚓聲響。

這話令柳定宇和小簡都嚇壞了，柳定宇還沒歸還槍械，也趕緊拔出自己的警槍，開啟保險栓。

王碩彥慢步走向樓梯口，仔細聆聽上面的動靜，柳定宇和小簡趕緊跟上。

可這上面哪有聲音呢？除了剛才那兩次敲門聲外，而後就再沒任何聲音了。

「昨天也這樣。」小簡悄聲說道，臉色蒼白：「但這次好大聲，超大聲。」

柳定宇在一旁猛點著頭，他已經飽受困擾三個月了。

王碩彥不由分說，舉著槍就上樓去，他不相信有什麼妖魔鬼怪，比較相信是有不速之客入侵了。

三人來到二樓，屏氣凝神，這時哪怕只有一根針掉在地上，都能被聽得一清二楚。王碩彥瞄了一眼所長室，再看看倉庫，都沒有可疑的身影，便朝三樓走去。

三樓的格局和二樓一樣，有兩個房間，一個是柳定宇睡的宿舍，另一個也是倉庫。倉庫沒有門，看得見裡頭髒兮兮都是陳年雜物，王碩彥接著將注意力擺在柳定宇的房間，然後就一腳踢開門。

匡噹，用力過猛，門撞在牆壁上，而房間內並無半個人。

「出來喔。」王碩彥不敢大意，逐個檢查床下和桌底，接著又推開窗戶查看。

石坑所三面臨山，只有一邊向著馬路，但整個建築體和山壁，最狹窄處也得有五公尺的距離，不可能從山壁上跳進來。

眾人將三樓裡裡外外看了看，接著王碩彥收起槍，又大張旗鼓的將整個派出所搜了個遍，愣是沒找到半點線索。

「奇怪。」王碩彥納悶著，和柳定宇及小簡又在三樓碰頭，很是疑惑：「那絕對是敲門聲，怎麼會找不到？」

「是吧，我就說吧，不是老鼠或風聲。」柳定宇回答道。

「都是在差不多的時間點，而且敲兩次對吧？」

「對，昨天也是這樣。」小簡猛點著頭。

「這麼有規律的聲音，鐵定是個人。」王碩彥推斷道，又將頭探出窗外看了看：「昨天你們有找嗎？聲音從哪裡傳來的？」

「有找啊，不知道從哪裡傳來的，但感覺是上面。」小簡指著天花板說。

王碩彥脫鞋，爬到了柳定宇的上鋪，伸手往天花板敲了敲，叩叩叩，貌似就是這個聲音，但又有點落差，不太像，那聲音比較像敲門聲。

他接著又去敲其他房間的門，都沒有找到類似的聲音，真是越想越不高興，他堂堂一個警察，竟會被鬼敲門給耍得團團轉？若不是只有一樓有監視器，他真想知道是誰在作弄他們。

「重點記得這個規律：敲兩次，每天晚上十二點多。」王碩彥提點道，怎麼想都是人為的：「以後只要有值宿，就和所長一起在三樓等這個聲音。」

「然後呢？抓到怎麼辦？」柳定宇問道，他一切聽王碩彥的：「他違反什麼法律嗎？擅闖機關駐地？」

「所長，都還不確定對方是人還是鬼勒。」小簡說道。

「副座說是人，就是人。」

「是這樣講沒錯，可是，哪有人那麼厲害，神出鬼沒……」小簡不太相信。

「我也想知道，是什麼人在派出所敲來敲去，來無影去無蹤。」王碩彥講道，低頭看看時間，很晚了，便說：「我看它還挺規律的，今天敲完了，應該不會再出現了，就先解散吧，明天再來料理它。」

「啊……」柳定宇欲言又止，他還以為王碩彥會查個水落石出，不查清楚，他還怎麼睡？那聲音太恐怖了。

王碩彥見了他的眼神，知道他的意思，便補充：「小簡，你今晚還是在所長外面值宿吧。」

「蛤？外面嗎？」小簡神色複雜，他也被嚇得不輕。

「對，你負責保護所長，我看這事得上升到安全等級了，既然對方是個人。」王碩彥邊說邊將窗戶都上鎖，也看了下樓梯盡頭，那通往屋頂的小窗，確認鐵栓是鎖死的。

「可是，我在走廊會怕欸……」小簡怯懦的說道：「走廊也太危險了吧？比一樓危險。」

「那你跟所長一起睡，可無線電還是要帶進去。」

「太好了，那我就睡上鋪！」小簡一副詭計得逞的模樣。

王碩彥氣得都不知道該怎麼說了，這幫傢伙，怎麼一個比一個還不正經？礙於時間晚了，他也沒有再說教的興致，整頓好值宿問題，確認小簡都有帶著裝備，便離開派出所，下班。

王碩彥住山下，比村寨還更山下的山下，已經遠離了石坑所的轄區，接近市區，騎機車的話要半個小時。

回想昨天是冒雨下山，今天就好多了，至少鞋子是乾的。他已經太疲憊了，這把年紀，體力不如以前，抓了個黃立德，逮捕上銬，現在才覺得腰酸背痛。

即將駛出石坑所轄區時，他注意到一件事，在末山腳路的交叉口，多出了一個巡邏箱來，是全新的，在路燈的照耀下反光發亮。

他停下來，沒有多想，從裡頭就掏出了一張巡邏表。紅色的字體，簽著「柳定宇」三個字，果然就是柳定宇裝的。

柳定宇雖然看起來很聰明，但在某些點上，還是固執得跟頭牛一樣，講了也聽不懂。王碩彥明裡暗裡都說了，不必設巡邏箱，設了也不會有人來簽，但柳定宇還是堅持要設。

王碩彥看了看簽名，是早上簽的，代表巡邏箱也是早上裝的，在他還沒來上班的時候，難怪他不知道。但他只是嘆了口氣，將巡邏表放回去，沒有要阻攔的意思。

要裝就裝吧，擺在這麼顯眼的地方，倘若哪天分局的長官來督勤，心血來潮翻開看，發現通通只有所長的簽名，卻沒有警員的簽名，那被罵的也不會是警員，而是所長。

不罵什麼，就罵你設這麼個多餘的東西做啥？要是被更高層的人看到，還以為東勢分局十分懶散，都沒在巡邏，那豈不是害到分局長？

想到這裡，王碩彥依舊默許了這個巡邏箱，下禮拜就是樹頭公作醮的日子，屆時多少會有些高級警官出現，那些警官可不見得都是東勢的人，他們經過這個路口時，一定會翻開巡邏箱簽名，以示督導。

到時候，柳定宇就知道為啥王碩彥不讓他裝了。

人總要受點教訓，才會明白為什麼。

之後的兩三天，平安度過。

黃立德的竊盜案送出去了，分局沒說什麼，即便報表上的數字硬生生由零轉為一，讓人看著十分礙眼，但念在已接近破案，派出所的表現十分低調，沒有太張揚，便無人向柳定宇發難。

這關頭算是擺平了，而劉矮山那邊，暫時也沒有新的動靜。

劉矮山吞了一支申誡，卻沒有做出反擊，很大一部分原因，是他還在休假。劉矮山只來上了一天班，就繼續休假了，他在休假時間是不會處理公事的。上班都不見得處理公事了，更遑論休假？所以，要想接他的招，還得等他放假回來，王碩彥知道他不會善罷甘休的。在那之前，王碩彥也休假去了，他也需要好好休息。

整個週末到週一，派出所都很平靜，由潘老頭值班，柳定宇掌主管職，小簡偶爾來輪替，合作無間。

但再怎麼和平，終究只是暴風雨前的寧靜，該來的，早晚要來。

「喂，王碩彥？」放假的最後一天，王碩彥接到了潘韋翔的電話，從派出所打來。

王碩彥睡得昏天暗地，昨晚才與人打牌到凌晨，接到這通電話，他心裡頓時有不妙的預感。這潘老頭子比劉矮山還會摸魚，最悶不吭聲的那種，忽然打電話過來，肯定是發生了什麼事。

「怎麼了？」王碩彥接起電話問道，看了眼時鐘，下午兩點，週二。

「分局長找你。」潘韋翔說道。

「分局長？」

「對。」

「在哪裡？在派出所？」王碩彥有些急了。

「不是，在樹頭公那。」潘韋翔淡定的說道，翹著腳在那聽老歌，播得可大聲了：「快上山來喔，分局長在等你。」

「蛤？為什麼？」

「說清楚啊！」

「喂！」

王碩彥都還摸不著頭緒，潘韋翔就掛斷了電話。

聽分局長在樹頭公廟等他，王碩彥腸子都要涼了，這是啥狀況？他誰也不想，就想到那劉矮山，劉矮山跟楊家的關係是最好的，莫不是劉矮山向分局長打小報告，因為那支申誡？

王碩彥的心臟還是太大顆了，今天週二，劉矮山只放假到週一，今天早上就開始上班了。王碩彥心存僥倖，想比劉矮山多放一天假，明天再開始上班，卻給了劉矮山可趁之機。

他還以為一天之內，劉矮山搞不出什麼名堂，誰知這就直接出動了分局長。

公廟。

「我去派出所。」他向枕邊人說道。

「啊？你今天不是休假？」

「臨時有事。」王碩彥沒時間多說，套了件外套就出門了。

今日的東勢還是下雨的，毛毛細雨，黑雲籠罩。

王碩彥略過了派出所，直接朝後山駛去，忙亂的就來到楊家三合院，直衝那偌大遮雨棚下的樹頭公廟。

廟裡燈火通明，三兩信眾遊走拈香，王碩彥坐在機車上朝裡頭打量，愣是沒看見分局長的身影，只有楊家大房的一個小子，坐在案邊玩手機顧廟。

「喂，嘿！」王碩彥朝他招手：「你有看到我們分局長嗎？」

那小子臉頰豐腴，盯著手機，雙下巴疊在一起，完全是楊家的血統。他聽到王碩彥的聲音也不抬頭，只是很不耐煩的比著後方，沒把王碩彥當一回事。

王碩彥霎時明白了他的意思，分局長應當是到楊隆平家裡泡茶去了，他便繼續騎車往前，離開樹頭公廟，來到三合院深處。

果真，遠遠就見到楊隆平家前面停著兩台警車，一台是分局長的座車，另一台則不知是哪個處室的。

王碩彥走下來，撥了撥身上的雨珠，就往宅內走去。

楊隆平家，雙門大敞，客廳就在眼前，宛如一座觀山亭，直接從裡頭就能眺望整個石坑的風景，再遠一點，還能看見市區。

分局長帶著兩個下屬正在裡頭喝茶，楊隆平手持紙扇，滿嘴金牙，盈盈笑著。他身邊字畫瓷器圍繞，看似頗有氣質，卻只是附庸風雅，文化程度連動保法和動保處都搞不清楚。

四個人就這麼看著王碩彥走來，喝著茶聊著天，呵呵大笑，卻又好像沒看見王碩彥一樣，無視他，只是盯著他身後的風景。

「你來了。」最後，分局長才朝他說道。

這分局長名叫林昆濱，五十多歲人，在東勢待很久了，王碩彥沒記錯的話，至少待四年了。

四年，聽起來好像很短，但對高級警官來說，卻不是。高級警官一般都是年年調整，年年調遷的，你位居高處，不是升就是降，沒有在原地踏步的，原地踏步的難度甚至比升官還要高，一般都是逮住了爽缺，才會這樣巴著不放。

像分局長這種地方之霸，更是人人覬覦的主管職，你是東勢的分局長就管整個東勢，你是豐原的分局長就管整個豐原，沒人比你還大。林昆濱正是東勢本地人，所以坐穩了東勢的位置，就不想走了，與其升官去當別人的小弟，不如繼續留在這當地頭蛇。

「坐吧。」林昆濱朝王碩彥說道，指著旁邊的位置。

「分局長怎麼突然來了？」王碩彥謹慎的問道，自動替在座諸位斟茶，用最快速度捉摸著現場的氣氛。

「呵呵，你問問我們隆平哥啊。」林昆濱笑道。

王碩彥察覺到不妙，沒說話，楊隆平順手就從桌下拿出了一個東西，放到台面上。

那是一個巡邏箱，全新的。

王碩彥暗道完了，心中才想，莫不是柳定宇那小子幹了什麼好事，楊隆平隨後就說：「你們在我廟門口釘了這個東西，算什麼？」

王碩彥頭皮都涼了，現在是什麼狀況？

他明明千交代萬交代，絕對不能在樹頭公廟釘巡邏箱，會觸楣頭，柳定宇怎麼就當耳邊風了呢？腦殘嗎？

「這個……」王碩彥頓時手足無措。

「樹頭公不喜歡，你們不知道嗎？」楊隆平用那不懷好意的小眼睛盯著王碩彥說，並用手指敲著桌子：「這是第幾次了？上次也是你當副所長吧？怎麼就沒和新來的說？這誰裝的？那姓柳的嗎？」他劍指柳定宇。

他耀武揚威，故意在分局長面前把話說得很難聽，王碩彥心裡犯急，卻也知道是他們錯了，在樹頭公廟釘巡邏箱，可是犯了大忌。

「唉，就這個，不好意思嘛，新來的可能真的不知道。」分局長出面緩頰，並道歉了，他朝楊隆平奉了一杯茶：「剛剛已經賠罪過一次，現在以茶代酒，再敬你一次。」

「哎，不用不用，都自己人。」楊隆平口頭推卻，笑著和林昆濱在那打太極。

「真的要，這次喔，真的是我們沒注意。」

「就說了不用。」

林昆濱將茶敬下，這杯茶喝得，好像狠狠一巴掌搧在王碩彥的臉上，正是所謂在外人面前打自家人，醜態百出。

「真的很抱歉。」王碩彥也趕緊端起茶來，向楊隆平致歉：「太年輕了，很多事情不懂。」

「不是一句不懂就能帶過去喔。」楊隆平笑著說道，咄咄逼人，顯然就是針對石坑所來的：「嘖嘖嘖。」他搖著頭：「我姪子早上看到，差點暈過去，他趕緊把巡邏箱拆下來，擲筊啊，都擲沒有筊，樹頭公很生氣啊。」

「真生氣啊？」林昆濱故作訝異的問道，兩眼睜大，彷彿要楊隆平再想想，別把關係扯破。

「是真的生氣呀。」楊隆平拍著扶手說道，也睜著眼和他回對，將話說死：「還釘在我那龍柱上面，現在兩個洞還補不起來！」

這下慘了，怕是今年不管雨下得太多還太少，大至果樹減產，小到母雞不下蛋，都要怪到柳定宇頭上了，說是柳定宇亂釘巡邏箱，惹得樹頭公不高興害的，一模一樣的劇本。

「副座，你說這該怎麼辦啊？」林昆濱沉著臉向王碩彥問道：「你都沒和所長講嗎？我當初把所長交給你，可不是讓你們這樣亂搞的啊？」

「分局長，真的很對不起。」王碩彥趕緊低頭道歉，卻越想越生氣，越生氣就越懷疑。柳定宇有這麼白痴嗎？他明明交代過，樹頭公廟不可以動，柳定宇又不是耳聾，怎麼可能還往龍柱上釘巡邏箱？

這分明是有人從中作梗，配合楊家一搭一唱所演出的合體計！況且柳定宇今天並沒有休假，柳定宇就在派出所，他們卻繞過了柳定宇，直接找上王碩彥，完全沒把柳定宇當一回事。柳定宇估計正在派出所忙碌，渾然不知分局長已經來到了轄區。

這也太欺負人了吧？警察不幫警察就算了，還當著外人的面羞辱警察？一個廟頭擲的筊能大過分局長，王碩彥簡直看不下去了。

「現在也還不確定是誰釘的巡邏箱吧？」王碩彥說道，想爭取一點轉機：「我回去會調查清楚的，可能是那個新來的簡振庭，他糊里糊塗，工作老是不專心，應該是他。」他試圖替柳定宇轉移攻擊，把鍋甩到小簡頭上。

但楊隆平卻不樂意了，他就是要看到柳定宇死，於是翻開巡邏箱說道：「你這樣講可就不太老實了啊？你看看這上面的簽名，分明是你們家所長的。」

他從巡邏箱內拿出了一張巡邏表，白色的紙上不簽別的名字，就簽「柳定宇」三個字，而且只有他的名字。

王碩彥差點把眼珠子瞪出來，是的，這樣一來就死無對證了，巡邏箱確實就是柳定宇裝的，跑也跑不掉。但王碩彥想說的是，這巡邏箱不是別的巡邏箱，正是柳定宇放在山下的那個巡邏箱，王碩彥打開過的巡邏箱！

字跡和簽名的時間點，完全一樣。

「……」

「怎麼？無話可說了吧？」楊隆平得意的說道，一副勝利口吻。

媽的，這怕不是自導自演，有人從山下將那巡邏箱拿來山上放的吧？

王碩彥怒火中燒，已經卑鄙到這種程度了嗎？他不必想也知道，山下電線桿的巡邏箱不見了，被移花接木拿上來放了，只為了陷害柳定宇。

若不是王碩彥有見過這張巡邏表，他恐怕也會被牽著鼻子走，錯怪柳定宇。

「我回去會再三告誡的。」王碩彥回答道，恨得牙癢癢：「會讓所長好好了解一下當地的風土民情。」

「就這樣嗎？」楊隆平意味深長的望著林昆濱問道，貌似要令他做主。

「所長也是好心。」林昆濱不得已，還是得講幾句公道話：「畢竟你這裡是當地的信仰中心，他會想加強巡邏也合理，就沒搞清楚狀況而已。」

你娘的，終於講出幾句人話了，王碩彥在心裡罵道，裝巡邏箱可沒任何理由讓你懲處。

「我這樣講吧，分局長啊。」楊隆平端起茶來，向後仰，細細品嚐，彷彿已經掌握了生殺大權：「樹頭公擲沒有筊，禮拜四的作醮，所長還是不要來比較好，免得惹樹頭公生氣。」

「是是是。」林昆濱連忙點頭稱道：「我這邊會再安排。」

「嘿啊，看今後怎麼樣吧，反正禮拜四，你們所長不適合出現。」

「我也這樣覺得。」林昆濱回答道。

這又是一次當外人面前打自家人的臉，竟讓一個廟頭來插手警察的勤務了？但此事更重要的意義在於，貶低柳定宇的地位，讓他成為當地人的笑柄。要知道，下週的祭典，各方重要人士都會來參觀，分局長一定會到，副分局長也會到，更別提總局的一些長官，還有政商名流。

在這種狀況下，唯獨柳定宇被排除在外，這將是致命性的打擊；身為直屬轄區的所長，竟被禁止參加祭典，柳定宇今後也不必在這地方混了。

「分局長，我們人不夠，而且勤務已經排好了。」王碩彥試圖力挽狂瀾：「所長一定要參加。」

「你沒聽到嗎，樹頭公擲沒有筊。」林昆濱不耐煩的說道，對王碩彥和對楊隆平完全是不同的語氣。

「可是……」

「可是什麼？你們所長糊里糊塗的，你也要跟著糊塗嗎？」另一個警官說道。

王碩彥只能乖乖閉上嘴巴。

「啊禮拜四昌叔會回來嗎？」林昆濱笑著又朝楊隆平問道，問起了這座廟真正的主人，楊隆平的父親。

「不會欸，身體不太好。」楊隆平回答。

「議員勒？會回來嗎？」林昆濱再問。

「應該會啦，有交代啦。」

楊家的成員裡頭也有議員，甚至有望掌控下一屆的台中市議會，這身分才是最令分局長忌憚的。畢竟議會掐著警察的脖子，只要說一句「刪預算」，警察的加班費就發不出來了。就連市長都要聽議會的話了，更遑論他一個小小的分局長。

大房掌廟宇，二房掌農會，三房開水果公司，四房要選議長，這陣容可說是無敵了，在台中，人家一聽姓楊的就跑了，哪還跟你在那邊廢話？

林昆濱又再和楊隆平聊了一會兒，然後就準備告退了。禮拜四也不過是個小祭典而已，就能鬧得這麼火熱，博得各方關心，這楊隆平完全就是贏家，更別提他爹連出馬都沒出馬。

一出楊隆平的家，分局長的態度就冷淡了，他只交代王碩彥要將柳定宇從禮拜四的勤務中拿掉，而後便匆匆下山了。

這結局是最糟糕的結局，王碩彥心都涼了，哪怕分局長到派出所去罵一罵柳定宇也好，但分局長完全無視柳定宇的存在，來回都跳過了石坑所，連瞧都不瞧一眼。

最怕的就是這樣了，就算被罵得狗血淋頭，也比現在這樣好。

一回到派出所，王碩彥就將那個巡邏箱摔在地上，匡的一聲，回音響遍整個樓梯間。

柳定宇被驚得從二樓跑下來，在後面看電視的劉矮山和潘韋翔也都探出頭來，想知道發生了什麼事。

王碩彥沒有要罵柳定宇，他知道不是他的錯，他要鬥的是劉矮山，他知道這一切就是劉矮山搞的鬼。楊家的人和柳定宇並沒有多大仇恨，不可能這樣陷害他，巡邏箱肯定就是劉矮山換的，為了報復被記申誡。

「劉矮山，你很厲害嘛，要不要跟大家講講你做了什麼？」王碩彥衝著他問道。

巡邏箱被摔斷了，巡邏表散在地上，劉矮山望了一眼，黝黑的面孔沒有半點心虛，只有詭計得逞的笑容，看見王碩彥發飆，代表他復仇成功。

王碩彥朝他走過去，貌似要打他，但他只走了一半，就停下來。

「怎樣？啊你不是很愛記我申誡？」劉矮山朝他挑釁。

王碩彥冷冷的聞了一下空氣，心中已經有了盤算，他背對著樓梯間說：「所長，打電話給督察室。」

「蛤？又要打給督察室？」柳定宇愣住，還是在狀況外。

「你個中邪的又要打給督察室！」劉矮山也憤恨的朝他罵道，絲毫不覺得自己做了多過分的事情。

「現在就去打。」王碩彥字字鏗鏘的向柳定宇說道：「聽清楚，我講的是『督察室』，不是『督察組』。」

督察室只在總局設立，地位愣是比督察組高了一大截，畢竟到處都有督察組，而督察室只有一個。所謂的總局，就是台中市政府警察局，掌管整個台中市的警察，督察員的位階可以高達三線一星，和分局長相當。

「王碩彥，你想幹嘛？」劉矮山不知道王碩彥想搞哪齣，開始怕了。

「所長，打了嗎？」王碩彥問道。

「打……打了……」柳定宇遲疑的說道，他照著王碩彥的指示，給總局通報有重大勤務缺失，自己卻也有些害怕，像個亂報案的人一樣。

「去拿酒測器來。」王碩彥接著說。

「酒測器？」柳定宇愣住：「做什麼？」

「你沒聞到有人喝酒嗎？」

眾人沉默，臉色呆滯。

他們一個個的，不是要退休的廢物，就是經驗不足，他們和王碩彥不一樣，王碩彥年輕時，少說也抓過上百件「酒駕」，也就是酒後駕車的罪犯，鼻子一聞，就知道有貓膩。

「劉矮山，你什麼時候喝的酒？」王碩彥問道，朝劉矮山淺淺一笑：「警察執勤時可以喝酒嗎？」

「誰跟你喝酒！」劉矮山回道，還不明白自己大禍臨頭：「我那是昨天晚上喝的還沒退好嗎？」他邊說邊吐了一口氣在手上，聞了聞：「對啊，昨晚的還沒退。」

「你知道，酒駕的人也都說他們昨晚還沒退嗎？」王碩彥緩緩說道，平靜中帶著逼人的殺意：「酒還沒退，就代表血液裡還有酒精，你剛也承認了吧，自己酒還沒退。」

「你……」劉矮山瞪大眼，終於發覺自己說錯話了。

「警察執勤中飲酒，依勤務條例，得記一小過以上處分。」王碩彥說道：「所長，酒測器拿來了沒？」

「拿來了。」柳定宇驚慌的抱著機器走過來。

「開機。」

「等等！」劉矮山舉起手貌似要投降：「我又不是故意的，我沒有在勤務中飲酒，我就是昨晚的酒還沒退，我已經講了，你沒聽到嗎！」

「嘖嘖，你到底是不是警察啊？酒沒退等同於在勤務中飲酒。」王碩彥歪頭看向他：「所有的小偷、搶劫犯、詐騙犯，哪個會說他是故意的？一切以機器測出來的數字為準，明白嗎？」

他彷彿回到了年輕時抓酒駕犯的時候，被抓的人總有一千種理由，什麼酒退得比較慢、什麼前天喝的、什麼只有吃薑母鴨沒有喝酒，這就和交通違規一樣，你闖紅燈就是闖紅燈，縱然不是故意的，縱然有一百萬種藉口，機器測出來有就是有，照片拍出來違規就是違規。

「我已經講了，我沒喝！」劉矮山改口了，額頭開始冒汗：「王碩彥，我不會測那玩意兒，你別想了！」

「那我們就等督察室來吧，昨晚的酒現在都還沒退，我想，再過一個小時也退不完吧？」王碩彥說道，劉矮山不是第一次這樣了，甚至，他會醉醺醺的來上班，但王碩彥都當沒看見，直到今天終於觸碰到了他的底線。

「你他媽的你到底想怎樣啊？你到底想怎樣啊！」劉矮山開始語無倫次。

「沒怎樣，就是告訴你不是躲在暗處贏面就大。」王碩彥朝他走過去，開始顯露陰森臉色：「你當真以為你胡作非為就沒人治得了你嗎？」他走越近就越聞到那股酒味。

「你給我滾，少給我自以為很厲害，我不會測那玩意兒！」劉矮山推開他就想走。

「你給我走一步試試看！」不料王碩彥吼道：「我會帶督察室去把你抓出來，全部監視器錄得清清楚楚，我以主管的身分，現在就要你做酒測！」

「你……」劉矮山停住了，嘴巴顫抖著，怒瞪王碩彥。

「警察執勤中飲酒，記一小過以上處分，然後我就問你，你早上是怎麼來上班的？」王碩彥轉過身，瞇著眼看他，繼續發動攻勢。

「蛤？上、上班……？」劉矮山招架不住。

「警察酒後駕車，記一大過以上處分，情節嚴重者，記兩大過免職，我就問，你早上是怎麼來上班的？」王碩彥朝他露出一抹笑容：「你酒測測得過嗎？」

劉矮山雙眼瞪大，沒經得住這番拷問，腿一軟，跌坐在地了。

「所長，去樓上調監視器，把他騎機車的畫面調出來，等下測一測，依公共危險罪逮捕送法院。」

「別！」劉矮山直接跪倒在王碩彥腳下，哀求道：「放過我吧，別讓督察室來！」

「所長，快去調！」

柳定宇卻動彈不得，他的腳也早已軟掉了，得扶著桌子才能站穩，話都說不出來。

王碩彥沒有為難他，而是低頭打量劉矮山，像在看什麼稀奇動物：「你能搞的也就那些小手段而已，你以為我和你一樣嗎？不是當好人就註定得吃虧，壞人籌碼就多，以你這副德性，我隨便都有一千種方法弄死你。」

「我知道了，我知道了，饒過我……」劉矮山雙手顫抖的說，苦苦哀求，他真的被嚇壞了，王碩彥可是會要了他的小命。

酒駕？被記兩大過免職？他從沒想過自己會面臨這種狀況，他可是還有三年就要退休的人，被免職等同於被判死刑，好幾百萬的退休金都領不到了。

他也搞不懂，就一剎那的工夫而已，他怎麼忽然就被打得鼻青臉腫了？他完全不是王碩彥的對手，再也沒有什麼比退休金重要了，接下來的三年要他當條狗都可以，只要王碩彥肯放過他就好。

「巡邏箱是誰改位置的？」王碩彥問道。

「我……」劉矮山毫無招架之力的承認。

「小簡開竊案是誰慫恿的？」

「我，也是我……」

「去向所長道歉。」王碩彥說道，見他還沒反應，便踢了他一腳：「去向所長道歉！」

「所長，對不起！」劉矮山連滾帶爬的朝柳定宇衝過去，被王碩彥嚇得涕淚縱橫，再也不敢放肆了。他臉孔觸地就響亮的一磕頭：「對不起！我以後再也不敢了，放過我吧！」

「……」柳定宇心驚膽跳的望著王碩彥，等他作主。

王碩彥揮揮手，示意他去撤銷通報，讓督察室別來了，就說是他們誤報，內部已經處理好就行了。

接著，他和劉矮山在二樓達成了共識，由劉矮山去和楊家那邊喬好，不管承不承認是他換的巡邏箱，反正，禮拜四的作醮，柳定宇非參加不可，廟方必須認同他這個所長，樹頭公的筊，沒有也要擲到有。

他相信劉矮山會做到的，這可是賭上了他的退休金，劉矮山不敢不做到。再說，劉矮山已經被他給嚇得魂飛魄散了，未來必定不敢再作祟。

第八章

俗話說，危機就是轉機，柳定宇的這一風波，又被王碩彥給化險為夷，而且還「勸降」了劉矮山，至少在這間派出所，沒人敢再和他們叫板了。

但王碩彥知道，這並沒有替柳定宇增加多少威嚴，他們害怕的是他，而不是柳定宇。因此，王碩彥沒有感到任何勝利的喜悅，他開始發覺，自己對這一切的努力都是徒勞的，打從一開始，他的方針就是錯的。

畢竟柳定宇終歸是柳定宇，不會忽然變得很厲害，變成一個能鎮得住所有人的所長。王碩彥陷入了一種無能為力的迷惘之中，他認為，或許這個位置從一開始就不適合柳定宇，會被分局排擠、被廟方給無視，都是自然競爭的過程，王碩彥不可能一輩子保護柳定宇，有些職務，就是要歷經過委屈和陷害，才懂得如何經營。

他卻剝奪了柳定宇這個機會，正如山下那個巡邏箱已經被劉矮山給搞沒了一樣，柳定宇失去了一次「亂設巡邏箱而被罵」的經驗。

「副座，矮山學長酒駕，被我們這樣放走不算違法嗎？」此時，在所長室內，柳定宇問道。

王碩彥坐在位置上，表情很難看。

是的，現在的一切也令王碩彥厭煩，柳定宇一直到此刻，還不知道王碩彥為他做了些什麼，他甚至不知道分局長來過石坑，就在後面那個山上，和楊家的人討論要怎麼把他給宰了。

「副座，你有聽到嗎？」柳定宇再一次問道。

「你怎麼知道他酒駕？」王碩彥反問。

「他不是有喝酒嗎？」

「你怎麼知道他有喝酒？」

「他不是有酒味？」柳定宇越聽越疑惑。

「酒味是你聞到的，我沒聞到啊，你有證據嗎？」

「蛤？」柳定宇被這番話給迷惑了。

王碩彥深吸一口氣，然後說：「你說他有酒味，那是你的說法，他也可以堅稱他沒喝酒，在場就算有一百個人聞到他有酒味，那又如何？」

「所以……需要證據？要做酒測？」柳定宇試探性的問道。

聽到這裡，王碩彥心裡又興起一絲欣慰，果然還是個聰明的孩子，也並不是一無是處：「對，所以要做酒測。」他點頭說道：「沒做酒測，就是你說你的，我說我的，完全沒意義。」

「原來如此。」柳定宇點頭。

「那我再問你一次，他有酒駕嗎？」王碩彥問道。

「沒有。」

「為什麼沒有？」

「因為沒證據，我們大家都沒聞到。」柳定宇笑道，似乎明白要怎麼擺平這事了：「沒有測的話，就不能證明有喝酒了。」

「對，就是這樣。」

王碩彥又坐了一會兒，然後伸了伸懶腰，站起來，準備回家。

「副座，你要走了？」柳定宇問道。

「對，我今天休假。」王碩彥疲憊的說道，比起身體的疲憊，心靈更加疲憊：「我明天也休假，後天禮拜四，專案勤務（作醮）我再來。」

「啊？你明天不是要上班嗎？」

「我改休假了。」王碩彥說道，反正班表是他排的，他想怎樣就怎樣。

他沒聽清楚柳定宇後來又說了什麼，便離開了派出所。

他什麼都不想管了，或許這對柳定宇來說才是最好的安排，他已經替柳定宇擺平了太多事情，如果這兩天再出什麼事，就讓柳定宇自己去解決吧。

他不想再管了。

後來將近有一天多的時間，王碩彥都將手機關機，休假，不理會公事。直到禮拜四，石坑，甚至是整個東勢都關注的「季醮」到來，他才重新回歸到工作中。

這一年兩度的地方祭典，規模雖比不上三年一次的大遶境，卻還是吸足了各方的眼球。大清早，就有多家電視台採訪車停駐在派出所前，借用他們的車位。

楊家三合院在前一晚就預先被封鎖起來，管控外人進出，樹頭公廟也暫停參拜拈香。分局從交通大隊調來支援，在前後山岔路口設置警衛點，限制車輛通行。

所有人都蓄勢待發，為這上半年最大的節慶卯足全力。石坑所一整年最忙碌的，莫過於這時候了，但這並不只是他們石坑的事情，而是整個分局的事情。

石坑所再厲害，也不過出動了五個人，分局卻從其他派出所調了十幾個人來幫忙，還不包括交通大隊以及督勤人員。分局長親自坐鎮，到場指揮。

扣掉前後山的交通崗哨，將近二十人的勤務只分成兩種，一種陪同宮廟遶境，維護秩序，另一種就是在派出所待命休息。

石坑所被整理成臨時指揮所，供同仁們休息，喝水吃飯，順道招待記者及大官商賈。勤務分成早晚班兩段，早班必須曬太陽，跟著宮廟隊伍到處折騰，晚班則必須協助收拾善後，並被指定專責處理鬥毆鬧事，反正各有優缺點。

但主管是沒有在分什麼早晚班的，分局長不意外應該會全程參與，所長也會全程參與，他王碩彥，也得全程參與，以確保祭典順利進行。

劉矮山的棄暗投明起了效果，柳定宇被重新准許參與祭典，在廟口釘巡邏箱的事似乎被壓了下來，當沒發生過。

上午九點，「季醮」正式開始，三合院的廟宇廣場前，大神木偶，搖頭擺尾，鑼鼓喧天，紅彩紛飛。王碩彥帶著劉矮山和小簡，在前線維持秩序，鞭炮炸起時，要不是他眼明手快，將小簡一個勁往後拖，小簡就被炸得灰頭土臉了。

廟外如此熱鬧，廟內卻沒半個人，只有樹頭公的神像靜靜看著這一切。王碩彥不知道神明喜不喜歡這一套，但他自己是不喜歡的，當鋼管辣妹出來跳舞的時候，那又長又白的腿，他連看都沒看一眼。

同個時間點，分局長正和其他達官顯要，在楊隆平家裡泡茶，這一波都還只是些小官小商，議員十一點鐘才會到，而楊家三房那個水果公司董座，則要下午兩點才會到。

柳定宇不在王碩彥的視野中，王碩彥不曉得他去哪裡了，大概是在楊隆平家外頭顧門。王碩彥沒有想管他的意思，他兩天前就已經決定不管他了，讓他自己見見世面也好。

「嘿，副座，你看那個。」小簡忽然指著廟前的陣頭說：「那個人是不是上次被通緝的毒蟲啊？」

他所指的，正是去年底曾在村寨裡鬧事，打人被抓的混混，是東勢的麻煩人物。平常他都在其他轄區作亂，走到哪被人趕到哪，現在畫上紅妝跳起舞，倒也人模人樣了。

「誰知道，畫成那樣子鬼才認得。」王碩彥意興闌珊的回答，這次作醮讓他看到不少熟人出現，都不是什麼好人，都是一堆不三不四的屁孩，受到號招，全都回歸了。

「你看看有沒有黃立德。」王碩彥想起了這個人，頓時不太安心：「別讓他出來作亂。」

「黃立德？他被關了啊，不會在這裡啦。」小簡回答。

「蛤？被關了？」王碩彥愣住。

「對啊，我們不是辦他竊盜嗎？他後來好像又因別的案子，被偵查隊抓了。」小簡回答，他對這件事一直有關注：「後來法院裁定收押，現在應該在看守所裡了。」

「噗，法院的心臟真大，連一個神經病也敢收押。」王碩彥笑出來，想想都替看守所的獄警感到可憐：「啊對了，鑑識結果後來怎麼樣？」他問道。

「有找到他的指紋，在那些證物上。」小簡回答：「但好像不能當有力證據，我記得他是因為別的事情被收押的，不是因為這件事。」

「我想也是。」王碩彥打從一開始就覺得黃雪蛾的竊案會不了了之。

「啊，好像是被偵查隊驗尿，又驗出毒品吧！」小簡突然想到，並更改他的說詞：「那就不是去看守所了，是去勒戒所。」

勒戒所是專門收治毒品犯的，和看守所不一樣，小簡不禁佩服自己的聰明，他也是很厲害的好嗎，懂得許多事情！

但這話卻讓王碩彥起了疑心：「勒戒所？」

黃立德廢物一個，千百年沒毒品可用了，現在能得到毒品，顯然又被人耍著當槍使了。王碩彥第一個想到的是黃雪蛾的案件，黃立德幹了那麼多體力活，得到些毒品，也無可厚非，但違和的點在於時間。

尿液中想檢驗出毒品，有效期只有一到三天左右，依體質而定。黃立德被偵查隊逮了個驗尿沒過，代表在兩三天內，他又吸了毒品，他哪來的毒品？從黃雪蛾案件中得到的酬勞，有辦法用那麼久嗎？黃立德這種人懂得慢慢品嚐、分批食用嗎？

時間點是對不上的，王碩彥百般推測，認為黃立德是得到了新的毒品，並且是在黃雪蛾的案件發生之後。

這可不是一件好事，嫁接季還沒結束，果農還有得忙，怕是楊家又想整什麼花招，對付其他不聽話的人了。

「如果黃立德被放出來，跟我說一聲。」王碩彥向小簡說道，請他留心這件事。

「好哦。」小簡點點頭。

從故事的開頭就沒講清楚的是，毒品的源頭在哪裡？

這毒品不從哪裡來，就從楊家來，權力的核心在哪裡，毒品就在哪裡，放眼任何地方都是一樣的。利用毒品控制旗下的宮廟仔，再配合城裡的各個堂口，相互調度支援，這分工雖是錯綜複雜，卻十分完整。

相較於控制議會與農產品，要控制毒品，門檻就顯得非常低了，不帶什麼技術成分，對於本就家大業大的楊家來說，輕而易舉。

王碩彥不知道是第幾房在幹販毒的勾當，他沒猜錯的話，就是大房，楊茂昌和楊隆平，畢竟大房掌廟宇，是有這個需求，小弟也最多，手勁最大。

聰明的是，最大尾的毒販永遠不吸毒，只有傻瓜才吸毒。人家左手金錢，右手美女，多好，權力才是最讓人上癮的，區區毒品，人家看不上。

「哎唷，要出發了。」此時小簡說道。

王碩彥這才注意到，神轎扛出來了，已經跳舞跳了一遍，現在要出發，開始遶境了。

分局長和楊隆平走了出來，楊隆平接過麥克風，喊了幾句，數公斤重的大紅炮竹便響了起來，宮廟隊伍在歡天喜地的氛圍中，出發了。

神轎將會從三合院出發，經過村寨，在山下另一個派出所的轄區繞一圈，短暫停留於祂的姊妹宮，傍晚再慢慢繞回山上。

這只是「季醮」，小祭典而已，若逢三年一次的大祭典，那可媲美於媽祖遶境，全市的警力都要出動的。

嗶嗶嗶嗶！

王碩彥讓小簡吹哨子，在旁邊驅趕越線的民眾，他自己則在混亂之中看到了柳定宇。柳定宇騎機車，行駛在神轎旁邊，幫忙開路，他前方則還有領頭車，車上供著樹頭公的廟牌還有名諱。分局長和楊隆平的座車在後方，將以不到十公里的速度全程監督。

原本以為會很熱，山另一頭的烏雲卻飄了過來，在正午時分遮住了太陽，短暫的下起毛毛雨。眾人早有準備，紛紛拿出了輕便雨衣，王碩彥也戴上警帽擋雨。

走著走著，隊伍不知不覺就離開了石坑所的轄區，沿公路到達山下。

「小簡，你繼續跟著，有什麼狀況跟我說。」王碩彥忽然改變主意，不想繼續護轎了。

「好。」小簡沒注意到什麼，只是遵從命令。

王碩彥找上了騎機車的劉矮山，讓劉矮山將他載回派出所。他本應該跟著神轎和柳定宇，一起走完全程的，但他卻反悔了，他忽然覺得，自己幹嘛搞得這麼累？

「悶死了。」他一回到派出所就脫掉雨衣，在椅子上納涼，頻頻喘氣。

被派來支援的他轄同事在後方看電視，等待下午三點鐘的交接，還混了一個潘韋翔在裡面，眾人嗑瓜子聊天，好不快活。

劉矮山跟著王碩彥溜回來後，也就沒有出門了，跑到後方抽菸去。大夥兒都是摸魚高手，王碩彥也懶得講什麼，就讓柳定宇和其他人堅守崗位去吧。

「老潘。」王碩彥喊了一聲，就自個兒朝潘韋翔走去。

「啊？」潘韋翔不樂意的抬起頭來，視線從手機上轉移，覺得王碩彥是要找他麻煩。

「問你一件事，派出所原本有四層樓的對嗎？」王碩彥忽然談起一個玄乎其玄的傳聞。

石坑派出所的屋齡已經超過四十年，屬於老舊建築，分局不只一次提過要拆掉蓋新的，但都只是嘴上說說，這麼多年下來，也沒見動過一粒泥土。估計得等一個強而有力的所長出現，才催得動上級撥預算下來，畢竟五個人的小所，一點話語權都沒有。

王碩彥聽過一個傳聞，石坑派出所本來有四層樓的，但因為礙了楊家人觀山的視線，便以壞風水的名義，被硬生生拆除了。這就是石坑所沒有頂樓的原因，頂樓全是殘垣敗瓦，鋼筋裸露，倒的倒、斷的斷，水塔及天線全都設在室內，頂樓無一處容身，所以關閉。

如今只剩樓梯盡頭的小鐵窗做通道，連接頂樓，但鐵窗上的橫鎖跟焊死了沒兩樣，長年無人開啟，已經和鎖頭卡死了。

然而以上也全是王碩彥聽說的，他從來就沒上去頂樓看過，是知道水塔和天線擺在屋子裡，但頂樓長什麼樣子，他還真沒瞧過。

這時候，就得請資歷最年長的潘老頭兒解答了。

「對啊，原本有四樓。」潘韋翔心不在焉的說道：「在很久很久以前。」

「所以四樓真是被拆的？」王碩彥接著問。

「對啊。」

「那後來就沒人復原了嗎？」

「復原幹嘛？」潘韋翔對王碩彥的話很感冒，不禁斜眼瞄了他一下；「拆都拆了。」

王碩彥之所以問起頂樓，一是突然想到這個傳聞，二則是，他一直惦記著那鬼敲門的事情，咚咚咚。

柳定宇配合小簡，零零散散的查了好幾次，查到現在也沒個下落，王碩彥卻放心不下。他認為若派出所被人闖入，極為嚴重，所長睡三樓，人身安全堪憂，派出所的槍械又擺在一樓，要是被偷，或是值宿的警察被襲擊，後果都不堪設想。

心動不如馬上行動，向潘韋翔問清楚後，王碩彥便立刻起身上樓，趁著自己還有這興致，想將派出所翻個底朝天。

他拿了把鐵撬，來到三樓盡頭的窗門前，打量那枚鏽跡斑斑的鎖。

果然跟他想的一樣，連動都動不了，他沒多猶豫就舉起鐵撬，往鎖頭砸下去。匡的一聲，聽在王碩彥耳裡是巨響，但在派出所內卻驚不起一點波瀾，全被樓下嘻嘻哈哈的笑鬧聲給吞沒了。

王碩彥就這樣毫無顧忌的砸了幾次，終於將那枚鎖頭砸壞了。他將鐵撬丟到一旁，然後搖了搖窗門，用力往上推。

嘰嘎一聲，萬年無人打開過的鐵窗敞開了一條縫，陽光伴隨著雨珠落下來，打在王碩彥臉上。

王碩彥爬了上去，對三樓來說是天花板，對四樓來說就是地面了。他挺起腰桿，一下就站在了四樓，舉目所及，沒有遮蔽，清新明朗。

四樓確實都是瓦礫碎片，經長年的風吹雨打，都爛成渣子了，卻沒有什麼裸露的鋼筋，在王碩彥看來，還挺寬敞的。但東突一處，西高一塊的牆壁，還是說明這裡受過劇烈的破壞，像直接被掀掉一樣，愣是少了一層樓。

王碩彥走向前去，眺望山下的景色，這裡視野不夠好，看不到邊境的隊伍，只有細雨濛濛，替整個山村上了層厚厚的陰影。

他回頭望，那樹頭公廟就在他身後，攀在山壁上，妖豔而有股不可明說的邪門。時陰時晴的色調就好像這裡的天氣，遠看殷紅明媚，一踏進三合院子，便知曉整座廟體都是黑溜溜的石灰岩建成，金玉其外，敗絮其內，若無人為保養，多下幾次酸雨，恐怕就會垮掉。

王碩彥看得出神，差點就要摔下樓去，這地方沒有護欄，地板再向外走出去就直接踩空，非常危險。他原本打算離開，卻被一個東西給吸引了注意。

在那掀開的地窗另一頭，有一堆零散的團狀物。

貓屎。

王碩彥查看了一下，確定是貓屎，而且是新鮮的，這有些出乎他的意料，卻又沒有很驚訝。他早就猜過，鬼敲門是不是老鼠在作祟，如今想來，竟不是老鼠，而是貓，難怪柳定宇的黏鼠板抓不到！

楊家三合院野貓氾濫，眾所皆知，但怎麼能氾濫到這裡來？要知道，貓和老鼠一樣，得有食物才會出現，這派出所的人一個比一個懶惰，不煮飯，不開伙，連垃圾都很少，估計蟑螂都得餓死，哪來的食物養貓？

然後王碩彥想到了，柳定宇。

柳定宇不懶惰，還弄了個電鍋來煮飯，偶爾還會炒個菜，現在一想，全部都合理了，鬼敲門是在柳定宇來之後才發生的，就是柳定宇養的貓！

人家說七步成詩，王碩彥用他那警探的腦子，光走路去看貓屎就已釐清了個大概。鬼每天固定凌晨十二點多作祟，這不正好是柳定宇煮完宵夜，刷牙洗澡完，準備睡覺的時間？

柳定宇的廚餘放哪裡呢？貓翻垃圾的時候，是如何發出咚咚咚的聲音？

王碩彥在四樓沒查到線索，便到了三樓，去找柳定宇丟垃圾的地方。他已經推算出，貓是從楊家三合院，沿著山壁那裡跳過來的，五公尺的距離對人類來說不可能，但對貓，卻信手拈來，牠們可以跳來跳去。

果不其然，他在三樓窗外，那人不能走的遮雨棚看到了柳定宇的垃圾，還很貼心的做好了分類，廚餘都整理起來放一桶；柳定宇愛乾淨，不想室內有臭味，便將垃圾放在外面，滿了再拿下山丟，如此便給了野貓可趁之機。

「嘖嘖嘖，原來是這樣子啊。」王碩彥恍然大悟。

這下水落石出了，雖不知道貓是如何規律的發出咚咚咚聲音，但肯定就是貓幹的沒錯。應該是取廚餘的路徑產生了必然的跳躍，來的時候咚咚咚一次，離開的時候再咚咚咚一次，間隔吻合，時間點也吻合，八九不離十！

至於是在哪邊咚的，就不重要了，王碩彥可沒有那麼好奇，而且他也不是老鼠，能跟著貓鑽遍每個角落。反正只要讓柳定宇把垃圾收進來，估計聲音就會逐漸消失了，貓發現沒食物，自然就走了。

「還是要再留著嚇他們幾次？」王碩彥自顧自的笑道。

他心裡的大石頭總算放下了，果真，世界上就沒有鬼嘛？

所有的事情，似乎都正朝著好的一面發展。

第九章

作醮依然在進行著，後續都很順利，王碩彥就這樣在派出所內休息、待命、聽無線電，也沒聽到什麼差錯。

但最大的差錯，或許就是沒有差錯。

轉眼間，時間已經來到了晚上八點，早晚班早已交接完畢，但祭典卻絲毫沒有停止的跡象。王碩彥站在山這邊，看著城裡燈火通明，幾乎能聽見對面有多吵鬧，神轎隊伍卻完全沒有要回來的意思，連村寨最底處的岔路都還沒走到，這是碰上了什麼耽擱？

王碩彥打了幾通電話，得到的回覆基本一樣：遶境還沒遶完，樹頭公還在施恩，這信眾，以及各路前來會面的神仙都還沒交際完勒，怎能打道回府？

王碩彥掐指算了算時間，這要等楊家那夥人繞高興了，恐怕還得再三、四個小時。法定夜間管制音量的時間，是晚上十點，來得及嗎？

但這也不是他能作主的，他也無須作主，奉分局長之令，眾人繼續執行勤務，勤務時間延長至晚上十二點結束。他只能壓著派出所內這些待命的人馬不放，等候樹頭公歸來。

比起他們，更慘的是在現場的人吧？早晚班在三點多就交接了，劉矮山和潘韋翔，當時都被王碩彥給強制派過去，換了個簡振庭回來休息，估計那兩老現在罵得要死，從三點鐘折騰到現在，骨頭都要散了。

最慘的是柳定宇，從頭到尾就沒休息過。

「嘿，小簡。」王碩彥閒得發慌，慌是真的慌，便拿簡振庭尋開心：「去樓上抓貓。」

「抓貓？」小簡被引起好奇。

「對，樓上有貓，就是成天在敲門的那隻。」王碩彥將他對鬼敲門的推論說出來，讓小簡弄些食物當誘餌，抓貓去。

他則繼續站在派出所門口看，邊看邊聽，聽遶境的隊伍啥時要回來。

果然，隨著時間過去，事情開始變質了。

九點鐘，遶境的隊伍還沒回來。

十點鐘，還是沒回來。

十一點、十二點都過去了，隊伍還是不見半個蹤影。

無線電開始吵雜了，東勢分局的電話被打到爆，都是民眾在抱怨妨害安寧，分局只能頻頻道歉，然後轉頭問現場人員啥時會結束？多久結束？還要多久才結束？到底他媽的還要多久才結束？

敲鑼打鼓外加放鞭炮，喇叭吹得驚天動地，神轎所到之處那是一片狼藉，百姓們怨聲載道。凌晨十二點吶，現在不是別的時間，就是凌晨十二點，你要人家怎麼睡？況且今天不是週末，今天是禮拜四，人家明天還要上班吶！

「八洞三，八洞三，中興呼叫。」東勢分局的聲音響起，是指揮中心在喊領頭車：「你們到哪了？在哪個路口？」

「回中興啊。」無線電響起，吵雜而艱辛：「還在市區啊，還很久，還很久。」

「叫他們快一點。」東勢分局不耐煩的說道。

「好哦，叫他們快一點……」現場人員顯得很無奈。

「叫他們快一點！」

凌晨一點了，還在吵，還遠遠沒有結束，連個影子都沒看見神轎回來。

不只東勢分局的電話被打爆，連樹頭公廟所在的石坑所也成了眾矢之的。從剛才開始，陸續有電話進來，礙於小簡已經被派去抓貓，找不到人，王碩彥只能親自去接，充當客服人員，耐心的安撫民眾的情緒。

但他只能被罵得狗血淋頭，說警察沒有作為。

這種事情能有作為嗎？警察就身在隊伍之中，你要警察馬上叫他們安靜嗎？要開罰，也罰不了，罰誰？楊隆平嗎？你要現場拿出罰單本來罰楊隆平？

那楊隆平可是分局長的爹呀，分局長都默不作聲了，你一個底層人員是有啥權力？再說了，今天就算是台中市長來，也處理不了這件事，對方是楊家人，你要市長下令強制驅離嗎？

造反了！

「八洞三，八洞三，中興呼叫，到哪了？」

「八洞三，八洞三，中興呼叫。」

「回答中興，到山腳路了啊。」領頭車回答。

一聽這話，王碩彥馬上掛斷手中的電話，跑到門口去看，果真見到山下一片紅，咚咚隆咚鏘的聲音越來越大，神轎終於回來了！

咚咚隆咚。

咚咚隆咚。

咚咚隆咚。

陣頭進入了村寨中，敲鼓的敲鼓，丟鞭炮的丟鞭炮，走一會兒停一會兒，偶爾還會走回頭路，將原本相對安靜的村寨吵得雞飛狗跳，一戶一戶人家的燈火亮起。

王碩彥遠遠看著都覺得十分丟臉，羞恥至極，他從沒有對宗教這麼反感過。這夥人打著神仙的名號到處鬧騰，好似威風無比，實則只有他們圈內人自己開心而已。所到之處，滿是厭惡，認同感極低。

王碩彥等呀等的，摀著耳朵，終於等來神轎到他們派出所前了，他立刻進入隊伍，重新回歸。不出意外，分局長早就跑掉了，估計下午的時候就跑掉了，只剩下基層還在執勤，督導人員也跑得一個都不剩，楊隆平也跑掉了。

神經病，凌晨兩點多誰和你在這裡瘋！

「所長！」王碩彥在隊伍中找到了柳定宇。

柳定宇渾身油垢，灰溜溜的，早就不做領頭羊了，他雙眼無神的混在隊伍中，腳都快走斷了。

「副座，你跑去哪了？我怎都找不到你？」柳定宇問道。

王碩彥不好意思承認自己摸魚去了，便說：「我去安排別的任務。」他敷衍帶過，接著岔開話題：「不然你先進派出所休息吧，剩下的我來。」

「不用啦，都走到這裡了，就走完吧。」柳定宇敬業的說道，還真是全程用腳參與了遶境。

「欸山呢？」王碩彥問道，四處張望，他可不能讓劉矮山好過。

「好像在後面。」柳定宇回答。

王碩彥一轉頭，便看見了臉臭得要死，在騎機車的劉矮山，他心裡便興起一絲得意。果然這傢伙不敢跑，這傢伙還是挺怕他的，換作是潘老頭兒……嗯，他找不到潘老頭兒，估計已經溜了。

神轎大隊已走入了後山的台8線，再來就要回到他們的根據地，三合院了。

王碩彥陪著柳定宇，堅持走完最後一程路，在即將進入楊家宅第的支線時，柳定宇忽然提到：

「副座，我下午的時候有和楊隆平說到話欸。」

「什麼話？」王碩彥立刻問：「他怎麼會找你說話？」

講來也是巧合，樹頭公在山下的姊妹廟停留了足足有三個小時，柳定宇趁機去上廁所，卻在廁所裡遇到楊隆平。

那是一個尷尬的場面，廟宇分內外兩個廁所，外面的廁所人滿為患，裡面的廁所只給特定人士使用。柳定宇上的是裡面的廁所，偌大的空間，就他和楊隆平兩個人而已。

兩個大男人站在小便斗前，你看我我看你，真的有些難堪。

「所以他講了什麼？」王碩彥想知道的是這個。

「殘酷的話。」

「什麼殘酷的話？」王碩彥不解。

柳定宇對楊隆平這人的印象，很深一部分已定錨於他毒死野貓的畫面，殘酷冷血。果不其然，楊隆平張嘴便吐不出象牙，一見柳定宇，就給他講了個精神層面的暴力故事。

楊隆平說起了眼下這座姊妹廟的歷史，所謂姊妹廟，是指和樹頭公廟有姊妹般的孿生關係，並非指裡頭拜的神祇叫「姊妹」。這姊妹廟拜的也是樹頭公，但只是小型的，拜的只有「分身」，真身依然在石坑山上。

楊家發跡前，做的是日本人的茶葉生意，但比起茶葉，那時更常見的是一捆一捆的原木，從山上被送下來，原地加工成粗製品後，運到日本去。

小火車總會冒著白煙，從軌道緩緩經過，這條支線是從豐原那邊拉過來的，專門運送木柴，後來就被拆除了，現在連點影子都見不到。

在那個沒有平交道的年代，大家都冒險穿過鐵軌，鐵路載的是日本人的木材礦產，小孩子不慎被火車輾過，開腸破肚，是每戶人家的夢魘。

楊隆平轉述他父親，楊茂昌的童年記憶。

楊茂昌的弟弟，也就是楊家絕戶的某房，就是被火車給壓死的。楊茂昌當時還不到十歲，親眼見到自己的弟弟血肉橫飛，被拖著殘軀消失在軌道盡頭，他回家也不敢說，隔天才被發現家裡少了個孩子。

當時對楊茂昌那是一頓毒打，但更多的是悲痛欲絕，畢竟一個活生生的孩子就這樣沒了。楊家在當地已經算是家喻戶曉的士紳名流，就連他們，也沒敢去和日本人討公道，只得摸摸鼻子認了。

「然後勒，這樣就殘酷？」王碩彥聽過這些故事，他不懂有什麼好可怕的：「你的承受力也太弱了吧？」

「不是，你知道他後來說了什麼嗎？」柳定宇接著說：「他說楊茂昌長大後，就按這個法子殺了他兩個兄弟。」

「什麼？」王碩彥愣住，他可沒聽說過這件事。

柳定宇娓娓道來，楊茂昌長到二十幾歲後，那是一個心狠手辣，小時候的陰影成了長大後害人的養分。眼見楊家的事業越做越大，他從小又耳濡目染，要在眾多競爭關係中爭權奪利，便用同個手段殺死他的兩個兄弟，推他們去給火車撞死，假裝是意外。

楊家人丁興旺、子孫滿堂，現在的大房二房，可能都不是原本的大房二房了，或許真正的大房早就被楊茂昌給幹掉了。

「這算犯罪自白了吧？」柳定宇嚴肅的說道：「但五、六十年前的事情，早就無法追溯了吧？」

王碩彥臉色複雜，沒有回答。

楊隆平應當是不會輕易對外人講這些事情的，王碩彥就沒聽說過類似的故事，誰會將自家老爹的骯髒勾當翻出來？

柳定宇繼續說道，這段鐵路，光復後改由國民政府接收，貧富差距那是更加激烈，鐵路兩邊幾乎被隔絕了，那頭是林務局和茶葉局，以及新建的外省人宿舍，這頭就是尋常百姓及原住民。

火車越大，掠奪山林資源越頻繁，輾死的人就越多，政府卻連個護欄也不建。逐漸的，大家都不讓小孩子接近鐵軌了，只要靠近就打，打到對火車兩個字都有陰影。

但對楊家來說，他們卻早已不是被輾死的那方，他們搬進了有錢人的世界，與茶葉局為鄰，專做國家的生意；後來的幾十年，更相繼在市區及台中港置產。

楊隆平就不是在東勢長大的，他在台中市區長大，後來才接手父親的事業，回到石坑，進入權力核心。而楊家在茶葉衰落的那段日子也轉型成功，改做水果盤商生意，現在不管是第幾房，都跟水果脫不了關係，仰賴著這塊大餅。

「他說在這裡，他才是作主的那個人，在楊家的地盤就要照楊家的規矩來。」柳定宇說道，接著才說出那件真正駭人聽聞的事：「他說樹頭公那尊神像，外面套的那層皮，就是人皮。」

王碩彥恍神的半晌，才半哭半笑的說：「這……所長，你該不會信了吧？」

王碩彥前面聽了一大堆，還算靠譜，聽到這裡就太誇張了。倒不是楊家沒剝人皮的可能，畢竟在那個治安敗壞的年代，啥事都會發生，但要套在樹頭公身上，就太離譜了，對神明不敬，而且也沒意義呀。

「對吧，副座，我也是不信。」柳定宇好似找到了共鳴，其實他在廁所那時候，還真被楊隆平給嚇出一身冷汗，但隨後就穩住陣腳，知道楊隆平這是在嚇唬他：「要是人皮，現在早就爛光了，而且我看著也不像人皮。」

「你有仔細觀察過那尊神啊？」王碩彥想告訴他，其實那只是個雕像，不是樹頭公的真身，但想想還是算了：「你也是滿冷靜的嘛，我還以為你沒有思考能力勒。」

「怎可能沒有思考能力。」

「那你怎麼回他？」王碩彥問道。

「我說，這樣也太狡猾了吧，一百年之後，大家都以為自己拜的是樹頭公，不知道自己在拜你們楊家祖先，太厲害了。」柳定宇回答道。

王碩彥愣了好一會兒，才明白柳定宇這是在諷刺楊隆平。

楊茂昌確實有可能殺了他的兩個兄弟，但要將兄弟的皮套在神像上，純屬鬼扯。柳定宇卻假裝不懂，將計就計，硬是將這兩件事搞成一團，讓楊茂昌給樹頭公套他兄弟的人皮去了，既穢氣又噁心。

「結果楊隆平怎麼說？」王碩彥大笑。

「他臉都綠了，但好像也不知該怎麼解釋，就沒再說話了。」

楊隆平會搬出他父親的往事，估計是要狠狠教訓柳定宇，讓他搞清楚楊家的規矩。一次弄不行，就兩次、三次，什麼火車撞人、肚破腸流的，他非得將柳定宇嚇死，讓他老實點。

這和上次不經意的殺野貓不一樣，這是赤裸裸的惡意威脅。

但柳定宇卻淡定的化解攻擊，還反將楊隆平一軍，楊隆平這大半輩子，恐怕還沒被這樣嘲諷過。

「這樑子算是結大了你知道嗎？」王碩彥不禁說道，他多次替柳定宇擺平的威脅，都不算是正面威脅，要是正面威脅，恐怕連他都招架不住。

「我知道。」柳定宇點點頭，他曉得身邊的一切都對他懷著敵意，老早就曉得了：「我會被調走嗎，副座？」

柳定宇已經做好了最壞的打算，楊家在這裡就是個外掛般的存在，明天忽然一紙公文下來，將他驅逐，也不是不可能的。

「你不會被調走。」王碩彥卻無奈的笑道：「你把他氣死了，現在算是正面開戰了，他哪可能饒過你，那麼簡單放你走？」

「但你會幫我的，沒錯嗎？」柳定宇雙眼一閃，聰敏靈動。

這是有史以來，王碩彥第一次覺得，他們的頻率在同一條線上。以往，王碩彥總將柳定宇當成小孩，反正說什麼他也不會懂，做什麼他也不了解，所以他從不會與他商量。

但此時此刻，王碩彥才明白，柳定宇是個獨立且聰明的存在，不是個被他捧在手裡，只能當擺設的玻璃玩偶，他必須正視他這個所長。

——如果連他都不將他當一回事，那又有誰會將他放眼裡？

「不得不說，你回楊隆平的話，回得很好。」王碩彥肯定柳定宇的表現，柳定宇給楊隆平的那招真是高，堪稱是宣戰了。

方才聽柳定宇給楊隆平迎面洗臉的時候，王碩彥竟沒有半點擔憂，只有一種暢快，如今想來，或許王碩彥早就希望能反擊楊家了，他心底深處始終有股不安現狀的躁動，按捺了多年，現在才被激發出來。

雖然他對未來還沒有半點主意，但柳定宇的一席話，已經將他從消極與迷惘中拉了出來。不論他是不是為了幫柳定宇、又或者能幫到什麼程度，他都想要打這場仗，只為了看看最後會怎麼樣。

「所長，你知道你原本不能參加祭典的嗎？」王碩彥說道，眾人此時已經走到了楊家三合院，樹頭公要回鑾了：「你擺在山下的那個巡邏箱，被劉矮山給拿去廟裡釘，鬧到分局長都來，你知道嗎？」

他將陣子以來發生的一切都告訴柳定宇，沒有保留，他想，是時候該讓柳定宇知道局勢有多險惡了。然而柳定宇聽完後卻沒有很驚訝，他告訴王碩彥，大部分的事情他都知道，就算不知道也猜得到。他不是笨蛋，分局長來的那天，他就在二樓窗戶看著，他看著兩台警車曲折駛來，然後直往山上去。三個月以來他早已受盡人情冷暖，這對他來說，不過是小菜一碟。

聽到這話，王碩彥更加確定，他們或許會有那麼一丁點機會，能夠抵抗楊家人的攻擊。就不講抵抗了，他會盡力去找出一種方式，讓柳定宇能抬頭挺胸的在東勢生存下去，平衡的融入其中。

平衡，這世界講的從來就是平衡，沒有絕對的誰是誰非，只要符合利益，楊家人和柳定宇手牽手，笑嘻嘻看鏡頭也是有可能的，前提是柳定宇有那個價值。

王碩彥得找出他們之間的平衡點才行。

「真的很感謝你，副座。」柳定宇由衷說道：「能遇到你，是我三生有幸。」

「不用謝我。」王碩彥淡淡回答道。

要謝，就謝孫老師吧，是她出面保你的。

「之後，你打算怎麼做？楊隆平會怎麼報復我？你有想到嗎？」柳定宇問道。

「我想不到勒。」王碩彥豁達的說：「老實講，我連你是哪裡得罪了他們都不知道勒。」

「不就是看我不順眼嗎？」

「對，就是看你不順眼。」王碩彥接著他的話說。

正因為理由如此簡單，所以要化解才困難，根本找不到下手的點。

說來也神奇呀，大人的世界看似複雜，卻也跟小學生似的，一言不合就打架，毫無邏輯，無理取鬧。

季醮，就這麼在暗潮洶湧之中，平安結束了。

除了鬧上新聞、被批三更半夜擾民以外，並沒有出現什麼問題；反之，派出所還多了個小驚喜，小簡竟真抓到了貓，還是小貓。

小簡奉王碩彥的指示到樓上去抓貓，結果在被撬開的頂樓，發現暗藏在瓦礫堆中的小貓咪。總共有三隻，一黑一白一橘，長得都不同顏色，很是特別，由於叫聲微弱，躲在被鎖死的頂樓，所以始終無人發現。

小簡起初並沒有輕舉妄動，去亂抓貓咪，但他們依然驚動了貓媽媽。他們從頭到尾都沒有見到貓媽媽，貓媽媽一發現有人類就不回來了，把牠的孩子丟在這裡。

眾人躊躇了一兩天，又是等待貓媽媽回來，又是怕小貓餓死，給小貓遞食物，就是沒見到母貓。最後只得收編了三隻小貓，帶回派出所養。

所幸三隻小貓都已經斷奶，可以餵些食物，這讓硬梆梆的派出所多了些溫度，聽那喵喵喵的叫聲，王碩彥是沒什麼感覺，但小簡和柳定宇都樂開了花，又是給貓洗澡又是抱，毛茸茸的，不亦樂乎。

王碩彥忘了有多久，派出所沒有如此歡愉的氣氛，他只是留意著，鬼敲門的聲音已經不見了，他對貓的推理是正確的。

萬事落定，派出所沉浸在美好之中，但這終究只是一時的安逸。

作醮過後，農人們都上緊發條，想拚在嫁接季的最後一週，帶著樹頭公的加持，把果樹的枝芽培育好，新的慘況卻隨之而來。

毒樹案再現蹤影，除了黃雪蛾外，又有兩戶人家的園子遭殃，大片的果樹全都死亡，這和嫁接工具被偷的，還都是不同家。

要知道，每起毒樹案，背後的經濟損失都高達數十萬，石坑霎時是人心惶惶，已經許久沒有這麼躁動不安。

這事情直接驚動到分局，雖然一切矛頭指向楊家，是楊家去年給出的收購價太低，導致今年有很多人不想配合農會，進而激發矛盾所致。但分局還是盯上了柳定宇，早晚罵一次柳定宇，要柳定宇破案。

這案子的危險程度，不亞於黃雪蛾的竊案，雖無人報警，但分局就是要你破案，把歹徒找出來。幾天內弄不出個結果，柳定宇就準備打包走人了。

「媽的，整片東勢，整片的山，就挑我們這裡！」所長室內，王碩彥憤恨不平的罵道，對著底下被召集而來的三個警員抱怨：「和平那裡！梨山那裡！谷關！種的東西才多啊，怎麼不挑那裡！」

他怒火中燒，眼看這就要涼了。

不出意料，就是楊家搞的鬼，毒一園子的樹已經夠嚴重了，這還一次毒了三片園子，王碩彥來這裡這麼多年，還沒見過這種狀況。楊家怕是就算搞得民怨沸騰，也要拖柳定宇下水了。

「被害人怎麼說？」王碩彥向小簡追問進度。

「他們……」小簡心虛的別開眼睛：「都不來做筆錄，現在連電話也不接了。」

「不做筆錄？」王碩彥發火：「都被欺負到這頭上了，還不做筆錄！」

「副座，我建議你，說話小心……」劉矮山這時嘟噥著說道，好心建議王碩彥。他早已被王碩彥收服，似乎知道什麼內幕。

哪還有什麼內幕，不就你知道我知道，全天下的人都知道是楊家搞的鬼，只有那三隻小貓不知道而已嗎？

「讓牠們別叫了！」王碩彥朝小簡批評道，對樓下的喵喵聲感到不耐煩：「去把門關上！」

誰知小簡沒聽清楚，直接下樓安撫貓咪，拿罐頭餵去了。

「偵查隊沒搜到東西嗎？」王碩彥轉頭向柳定宇問道，詢問現場的鑑識情況。

「這次什麼也沒搜到。」柳定宇搖頭：「桶子、指紋，都沒有。」

這幫人還真是學聰明了啊，知道王碩彥厲害，所以做事也小心了。

王碩彥不禁焦頭爛額，別說破案了，他現在連要找一個人出來擔罪都找不到，楊家的小混混們全不見了，彷彿在和王碩彥作對一樣。

他們要上哪兒再去找一個黃立德出來當替死鬼啊？找不到了！

「下午一點了。」柳定宇望著時鐘提醒道。

他又要再去分局開會，又要報告案情細節，又要被罵了。

分局只會出一張嘴，就是連一丁點忙都不幫，這種狀況，好歹也要派幾個刑警來支援，但就是沒有蹤影；刑警那邊也講得很清楚了，既然上次那麼厲害，能破案，這次應該也可以吧？

根本就是楊家夥同分局的人，聯手演出的一場好戲！

「那我先走了。」柳定宇怕開會遲到，拿了些文件就打算出門。

「我陪你去吧。」王碩彥說道，不忍心看他獨自面對那群豺狼虎豹。

「不用，你在這裡保留體力。」柳定宇冷靜的說：「我們一定可以想出什麼方法的，副座。」

柳定宇走後，王碩彥讓劉矮山再去找被害人，勸說過來做筆錄，他狗急跳牆，直接給劉矮山下了最終通牒，要是勸不過來，就把劉矮山調換巡邏箱、陷害所長的事捅出來，以偽造文書的罪名移送，大家玉石俱焚。

「唉唷喂，我的老天爺啊！」劉矮山直接被這話給嚇傻了，其實他不知道王碩彥只是在唬人，根本沒辦法這樣辦：「你這不是要我死嗎？」

「所長死，你就死。」王碩彥冷酷的看著他說：「拿出你的看家本領了，劉矮山，把那兩個人找來做筆錄，綁也要綁過來，下午我沒看到人，你就完了。」

「你真的要我死啊，王碩彥！」劉矮山額頭冒汗：「這怎麼可能嘛……」

「不這樣玩的吧？你真的要我死啊……」

王碩彥沒理他，又給小簡和潘老頭指派了些工作，便匆匆出門了。

他決定再去被害人的園子看看，就不信找不到什麼線索。

石坑的果園幾乎都座落在後山，一片接著一片，中間只有圍籬隔起來。憑良心講，他們石坑的園子佔整個東勢，根本不及十分之一，石坑人有一半以上的田不在石坑，都在橫貫公路往梨山的路途上。

所以，這根本是在針對他們，全挑他們轄區內的果園下毒。

「喂？小簡，我不是有叫你圍封鎖線嗎？怎麼沒圍？」王碩彥打了通電話回派出所，邊騎機車邊抱怨。他沿著台8線往上騎，行經黃雪蛾的園子時，發現封鎖線全被撤掉了。

「我有圍呀。」小簡回答。

「我不是說後來發生的這兩件，我是說黃雪蛾他們家的。」王碩彥強調，他已經說過了，封鎖線即便破案也不能撤，那代表警察對打擊犯罪的宣示。

「我沒撤啊，我一直擺著啊。」小簡喊冤：「你叫我不要撤，我幹嘛沒事跑去撤？圍那個也很累欸！」

這就怪了，王碩彥打量黃雪蛾的園子，連點封鎖線的殘膠都不剩，這分明是被人給收拾掉的，倘若只是為了進入果園而撤掉，不至於收拾得這麼乾淨吧？

不可能是黃雪蛾家撤的，他們哀莫大於心死，聽說黃雪蛾已經帶著兒女們回娘家了，這片田她是見一次痛一次，聯想都不願再想到。她那懶惰的丈夫，更不可能上來幹活。

莫不是有人知道王碩彥留封鎖線的意圖，所以故意和他作對，打擊警察的信心？

王碩彥眼皮一直跳，他將機車停在路邊，望著園子的泥濘田埂，總覺得有股不對勁。

太乾淨了，所以不對勁！

王碩彥下車查看，這果園唯一的入口，平平整整，啥凹凸都沒有。就別說撤除封鎖線時多少會留下腳印了，前天晚上被偷的那兩個果園也是一樣的手法，一樣乾乾淨淨，不留痕跡。

「副座，我問所長，所長也說他沒撤耶。」小簡又打電話來，回報狀況。

「好了知道了，讓所長專心開會。」王碩彥匆匆掛斷電話，無心多講，他將注意力放在前方的果園，不祥的預感越來越強烈。

他朝果園內打量，枯死的樹雖然葉子掉光，但依然擋住了大部分的視線。他往平整的地上踩一腳，大方留下自己的腳印，然後就小心翼翼的往裡頭走去。

黃雪蛾的園子佔地才半甲，在東勢算是很小的田，所以不用請什麼工，大部分勞活都是自己家的人完成的。王碩彥往裡頭走去，下意識摸了把腰際，這是他不安時的標準動作，但卻沒摸到槍。

他出來時忘記配槍了，因為沒想到會需要用到。果不其然，他的直覺很準，在接近果園中央的棚子時，他看到了一個男人倒在地上，面部朝下。

王碩彥屏住呼吸，再次摸槍，睜大眼停下腳步。

他是有預料到將有事情發生，但卻沒想到會是這種狀況。眼前的男人動也不動，手指蜷曲，衣衫不整，血管呈現紫色，他一眼就瞧出那人已經失去生命跡象，是具屍體。

「六洞、六洞，六拐呼叫。」他直接用無線電喊了石坑派出所。

過了好一會兒，小簡的聲音才傳來：「六洞回答。」他顯然很疑惑，石坑很少會用到無線電，可以用電話講的事情，幹嘛突然用無線電？

「打電話給分局，請鑑識人員過來台8線101k處，你也過來，派出所先關門。」

「蛤？發生什麼事情了？」小簡傻住，第一次遇到這種狀況，大白天怎麼可以打烊？

「反正先過來。」王碩彥講道，想想又補充了兩個字：「相驗啊。」

警察忌諱在台面上提到「屍體」或「死亡」等等字眼，所謂「相驗」，就是指驗屍，要報請檢察官和法醫過來，非同小可。

王碩彥將無線電放回腰際，重新打量眼前的狀況，竟有些手指發麻。

他已經好久沒看見屍體了，來到石坑這麼多年，頂多是村寨有長輩去世，會請警察到場會勘，然後交給葬儀社處理。但此刻這狀況完全不同，這絕對不是自然死亡。

王碩彥按捺不住，雖知道不能破壞跡證，還是往屍體周圍繞了一圈，然後他愣住了，剛才顧著想事情，都沒發現，這屍體的身分他竟然認識！

長髮及肩、嘴唇傾斜、皮膚蒼白、指甲又長又黑、卡滿汙垢，就算對方不是具屍體，也活脫像個鬼一樣，死不死根本沒差別——這不他媽是黃立德嗎？

王碩彥又驚又怕，腦袋亂成一鍋粥，霎時竟不知該做何反應。

黃立德死狀淒慘，趴在棚子下，嘴角淌著黑忽忽已經乾掉的血，四周蒼蠅蚊子圍繞，其臭無比。王碩彥雖已不當刑警多年，但稍微估算，也能判斷出他離死亡時間不超過二十四小時，大概是昨夜被殺死的。

為什麼能一口斷定是被殺死的呢？

王碩彥就他媽保證，這傢伙絕對是被殺死的！

「喂，小簡？」王碩彥又拿起電話撥打，氣急攻心，一時間沒喘過來，眼冒金星，氧氣不足：「我不是讓你注意黃立德有沒有出獄嗎！不是說他一出勒戒所就告訴我嗎！」他大聲罵道。

「啊……？」小簡手忙腳亂，都還在處理王碩彥剛才交代的任務，怎麼王碩彥又立刻打電話過來罵？

「快點過來，帶封鎖線！」王碩彥懶得說什麼，拋下一句話就掛斷。

黃立德死了，竟然死了，一出勒戒所就死了，你說這事情沒有蹊蹺嗎？

看看這園子，這是什麼地方？這他媽是黃雪蛾的園子！

黃立德死在黃雪蛾的園子裡，合著這幾天發生的毒樹案，全都指向一個結論：石坑已經進入無政府狀態了，幕後主使者完全無視警察的存在，肆意妄為，就是要激怒警察。

這是楊家向石坑所所下的戰帖，柳定宇惹毛了楊隆平，楊家便動了真格。他們殺了黃立德，還故意丟在黃雪蛾的果園，渾然不把派出所放在眼裡。

他們不是為了湮滅證據而殺人，不是怕黃立德將刑案主謀供出來而殺人，他們就是要在你頭上撒尿，當著你的面，弄死一個人然後丟在黃雪蛾的田裡，囂張至極！

「這他媽是什麼狗屁世界！」王碩彥不禁仰天咆哮。

他氣炸了，氣死了，身為一個警察，他還是有基本的尊嚴。

他看都不看黃立德身旁散落的毒品以及注射器，沒意義，他知道這事情最後會怎麼結案：警方會根據現場證據，認定黃立德是吸毒過量暴斃的，屬於意外身亡。

做得太假了，針頭都擺得好好的，真當所有人是白痴嗎？

「喂？劉矮山。」在小簡和分局刑警到來之前，王碩彥打電話給劉矮山：「你被害人找到沒有？」

「還沒。」劉矮山嘟噥說道：「他們就不想做筆錄啊……」

「你娘的，我已經把你那天酒駕的監視器都調好了，明天就送地檢署！」王碩彥氣炸了，直接沒來由的撂下狠話：「就算法院那邊沒把你弄掉，我也會把你送監察院彈劾，有你就沒有我，在你退休前我一定想辦法把你除掉！」

啪的一聲，劉矮山嚇到電話都掉了。

「去把被害人給我找來！全部叫過來派出所做筆錄！」王碩彥下了真正的最後通牒。

不久後，小簡以及分局的刑警和鑑識人員們都來了，他們沒直接進來，在初步斷定黃立德是非自然死亡後，便現場舖設了採證防塵布，該包頭髮的包頭髮、穿採證鞋的穿採證鞋，就怕破壞現場跡證。

只有王碩彥的腳印大剌剌連成一串進來，但那無所謂，可以單獨做排除。就這點，王碩彥還是挺相信東勢分局的能力的，專業度大夥兒是有的，只是常受到「政治因素」干擾而已。

「所長回來了嗎？」王碩彥拉上小簡，問道。

「還沒。」小簡搖著頭，正在圍封鎖線，這也是他唯一會做的事情。

石坑所人實在太少了，按照原定的排班，今天也只有柳定宇和小簡執勤而已，其他人都是被臨時叫回來的。

「走，我們回派出所。」王碩彥說道。

「蛤？現在？」小簡愣住。」

「對，你弄一弄就回派出所。」

「那相驗怎麼辦？」小簡指著屍體問道。

「交給刑警們處理了。」

這起命案直接就交給偵查隊處理，畢竟對值宿所而言，命案歸屬於分局層級，他們無能為力。王碩彥向隊長聯絡清楚，講好責任後，就帶著小簡匆匆離開現場。

他對黃立德的死沒有任何懸念，在看到他面孔的那一剎那，就已經知道前因後果了。

他可不會裝聾作啞，愣著挨打，楊家人把他想得太簡單了。

他王碩彥可不是好惹的。

第十章

當王碩彥回到派出所時，神奇的事發生了，劉矮山真的把那兩個被害人找來了，不到黃河不死心，果然只要狠狠一鞭子抽下去，再懶的牛都會動起來。

「你，你做他的筆錄，你，小簡，你做他的。」王碩彥開始指揮大夥兒做事。

「我不會做筆錄啊！」劉矮山驚得喊冤，這也不演了，完全放棄威嚴，承認自己就是不會做筆錄。

「去學，去抄！」王碩彥怒斥道，指著小簡眼前的電腦：「去跟你學弟學！」

「……」

「要我揍你是不是？」王碩彥捲起袖子。

「知道了啦。」劉矮山乖乖過去看。

「老潘。」王碩彥接著把目光轉移到潘韋翔身上：「你去找前些日子丟掉過嫁接工具的人，也把他們找來做筆錄，新的筆錄。」

「喔，嗯，好……」潘韋翔嘀咕著，在這風火頭上，也不敢和王碩彥對槓，只能答應下來，自個兒就走出門口。

「馬上叫他們過來啊，馬上！」王碩彥不放心，又衝著他背影嚷道。

「知道了。」

派出所現在亂成一團，名義上雖只來了兩個被害人，但實際上卻連他們的親屬也一起來了，大夥兒叨叨唸唸，忐忑不安，坐滿了十幾張椅子，也不知劉矮山是用什麼理由將他們恐嚇過來的。

「副座，用毀損罪立案沒錯嗎？」這時，小簡問道，一邊打著字。

「不是。」王碩彥想了想，便說：「改用刑法第一百九十條。」

「那是什麼？」小簡一下子愣住了。

「妨害公眾飲水罪。」王碩彥回答道。

他早就查過這個條文了，現在要偵辦的，是投毒害死果樹的事件，本該使用「毀損罪」的，但他不想這麼辦了，他打算用「妨害公眾飲水罪」來處理。

「這是什麼罪啊？這是一年以上，七年以下有期徒刑的重罪欸。」小簡用網路查詢條文，眼睛一下子瞪大起來：「為什麼要用這個辦？哪裡有妨害到公眾飲水？」

「我們東勢這片山都算水源地，上有谷關水庫，對面有鯉魚潭水庫，他在這裡投毒，不是妨害公眾飲水，什麼才是妨害公眾飲水？」王碩彥泰然自若的回答道。

其實他的說法十分牽強，這條罪名要處罰的，主要是在水井或自來水管內下毒，危害人身安全，所以才會罰這麼重。但王碩彥不管，他就是要用最重的罪來偵辦，最後法院怎麼判、檢察官會不會將案子駁回，他不在乎，他就是要在他們警察手上，製造出這條最重的刑案。

小簡沒有心機，沒多問什麼，聽王碩彥的話覺得有道理就照做了。劉矮山跟著依樣畫葫蘆，用一指神功，艱難的模仿小簡，在鍵盤上敲出一模一樣的筆錄。

接著，潘韋翔也順利將之前那些嫁接工具被偷的人都帶來了，王碩彥親自下陣做筆錄，將每位被害人，挨個都做了「竊盜」筆錄。

這回，不僅小簡有話要說，連潘韋翔都坐不住了，他看著王碩彥來來回回把人叫來叫去，印出一張又一張的三聯單，臉色僵硬的問：「王碩彥，你是瘋了嗎？你開了幾個竊案？這都第四個了，你是中邪了嗎？」

「哦？原來你們也會著急啊？我以為只有我這個副所長在關心派出所勤？」王碩彥酸溜溜的說道。

「王碩彥，停下來！」劉矮山也察覺到不對，跑到王碩彥身旁，去按住他的手：「再這樣下去我們全部都會死！」

想當初，只不過才發生一件竊案，就讓派出所亂成一團了，現在開了兩件「妨害公眾飲水罪」和四件「竊盜罪」，簡直跟爆炸沒兩樣。

之前提過的，開了什麼案件就要破什麼案件，三聯單一旦印出來就得銷掉，這不只關乎派出所所長，也是分局長的責任。警界對於刑案是有管制的，東西被偷就得找到，有人投毒就得抓到，每一筆都跑不掉。

但王碩彥卻反其道而行了，當初要他們大事化小，小事化無，把竊盜弄成遺失，遺失最好再弄不見，現在卻怎麼……每個都弄得越大越好？

「虱子多了不咬，債多了不愁，沒聽過嗎？」王碩彥飛快的做著筆錄，一面回答：「分局那幫傢伙要我們死，我們就拉著分局長一起死，自作孽不可活，看最後是誰比較慘。」

出了一起刑案，分局長會罵你，但出了十起刑案，量變產生了質變，就不是耍耍嘴皮子可以解決的了，這黑鍋會直接跑到分局長頭上。「妨害公眾飲水罪」和一堆「竊盜罪」，分局長如果破不了，就準備下台吧。

這已經不是險棋了，這是真正意義上的玉石俱焚，即使刑案最終全被擺平，柳定宇也不可能在東勢待下去了，他會被指著鼻子罵道：滾！

「再去多找些人來，有被偷東西，或疑似被偷東西的，全部叫過來開案！」王碩彥喊道，對還閒著的潘韋翔說：「現在就去！」

「你確定要這樣做？我們不會有任何好處的。」潘韋翔鐵著臉說道，可不想一起摻和進去。

「人家都在我們地盤上殺人了，你還在有任何好處！」王碩彥站起來，忍不住破口大罵，指著樹頭公廟的方向，諷刺說道：「舉頭三尺有神明，我就不相信雷不劈死這幫狗東西，你看看你自己制服上的字，台中市政府警察局！你們這群軟腳的，頂著這個頭銜出去，還有臉見人嗎？公權力被糟蹋成這樣，你還叫做警察嗎！」

此話一出，鴉雀無聲，不只小簡、劉矮山和潘韋翔，在座的尋常百姓，又有哪個聽不懂王碩彥的話呢？大夥兒已被欺壓多年，縱然這話不能變成醍醐灌頂，變成推翻強權的勇氣，也已經足夠刺耳，刺耳到潘韋翔沒再做任何爭辯，默默的就離開派出所，去幹王碩彥交代的事情。

當柳定宇從分局開會回來時，石坑派出所已經開出了七個竊盜案和兩個妨害公眾飲水案，雖說是為開而開，但也不無根據，這村寨裡，犯罪的黑數還很多呢，大家都知情不報而已。

柳定宇直接傻眼了，他在分局就聽聞轄區內出了命案，飆車趕回來，結果王碩彥第一時間就送上大禮，總共九個刑案。

「副座，你是瘋了吧！」柳定宇瞪大眼，驚訝的樣子和其他人如出一轍：「我們會死掉吧？」

「所長，我們去二樓講。」

王碩彥帶著柳定宇到所長室去，語重心長的告訴他局勢有多嚴峻，既然楊家和分局都執意要對他們下手，他們也沒理由不反擊。

攻擊就是最好的防禦。

「你確定這樣行得通？」柳定宇卻表示懷疑：「我們一共才五個人而已，要和分局長對幹，我們會屍骨無存吧？」

「屍骨無存的是他們。」王碩彥卻胸有成竹的說道：「你只是一個剛畢業的警官，再怎麼折騰，也降不了多少等級，我們四個警員也都爛命一條。他分局長就不一樣了，高處不勝寒，他禁不起一點風吹草動的，他必須認輸，否則就是丟官。」

「但是，你用這個方法，我也活不了多久吧？」柳定宇戰戰兢兢的說：「分局長怎麼可能放過我？」

「那他就只能走了。」王碩彥回答道：「不是你走就是他走，他若不放過你，他就得走了，因為你不會走。」

「什麼意思？副座我聽不懂。」

「你在這裡我罩你，誰都動不了你。」王碩彥雖說得隱晦，讓人聽不懂他究竟要如何對付敵人，但字句之間透著十足信心。

王碩彥的信心除了來自於自己的計畫，也來自於孫老師。

孫老師說要保的人，他一定保得住。孫老師上週生日宴客，王碩彥看到她臉書的照片，三任警政署長、幾個檢察長還有法務部的高層都參與了，這樣子的人，區區一個東勢分局長又怎麼能與之抗衡？

「那我們把刑案送出去就行了嗎？我應該半夜就會被叫起來罵吧？」柳定宇弱弱的問道，實在不知道九個刑案要怎麼搞垮分局長。

「我來處理吧。」王碩彥自有盤算。

「那那個命案呢？」柳定宇關心的問道：「他是怎麼死的？我聽說是死在果園裡。」

「是黃立德。」

「蛤？黃立德？」柳定宇再次愣住：「前陣子還活蹦亂跳的人，怎麼一下子就……」

「說是意外你信嗎？」

「……」

「石坑這地方一直都暗潮洶湧，它看起來沒什麼，但廟小妖風大，池淺王八多，東勢最大尾的角頭就住在這裡，住在你家後面呢。」王碩彥指著派出所後方的山說道。

先前一直沒講明白，但這楊家，其實就是地方黑道，只不過和電視上那些燒殺擄掠的不同。燒殺擄掠的都是小弟，真正的黑道頭子都衣冠處處，不是當老闆就是當議員，再不體面一點的就當廟頭。

石坑這地方可以說是一塊淨土，治安說差其實也不差，治安其實非常好，畢竟楊家大本營就座落在這裡，黑道頭子住的地方怎能燒殺擄掠？要開酒店、開賭場、要圍事、要販毒、要做色情，都到市區去，別來老大這兒亂。

「我們的敵人是楊家沒錯，但我們動不了他們。」王碩彥稍微描述起自己的計畫：「但還記得我告訴你，做人最重要的是什麼嗎？」

「平衡。」柳定宇馬上回答。

「沒錯。」王碩彥點頭：「我們打不了黑道，只能去打分局長，分局長吃到苦頭，自然會去擺平這些事情，幫我們找到平衡點。」

「原來是這樣啊！」柳定宇恍然大悟。

分局長說來也是可憐，他們這樣出狠招，一下子要了他的命，暗地裡還不是劍指楊家？只要楊家別再搞那些花里胡哨的，什麼毒樹啦、什麼殺人啦，大家坐下來都很好談。

「只是我沒想到，原來亂開案也能解決問題。」柳定宇面色複雜的說道，王碩彥的行事作風實在太詭譎、太令人捉摸不定了：「之前明明死活都要把竊案改成遺失，現在反倒，得一次弄出九個刑案，才有辦法安身立命。」

「警察處理事情本來就沒有一定的原則。」王碩彥回答：「能活下去才是王道。」

晚上七點多，事情開始發酵。

筆錄都已經做完，民眾也早早都遣散回家了，但他們還沒送案，王碩彥打算明天再把卷宗送到分局去。可網路系統早已將三聯單的內容傳送到刑事警察局去，所有的管制案件都是按這個流程處理的，於是，偵查隊打電話過來了。

「喂？王碩彥。」電話一接起，劈頭就是找王碩彥，不是找所長也不是找誰，經過這些日子，分局已經搞明白是誰在背後捅事了。

小簡拿著電話，心虛的轉過頭來，對王碩彥招手：「副座，電話來了……」

王碩彥早已等候多時，他從容的走過去，拿起電話就一聲問候：「哈囉？」

「哈囉你個頭啦！」對方罵道，是偵查隊副隊長：「你們開這什麼東西？『妨害公眾飲水罪』？

這啥鬼！」

對方果然先注意到了投毒的事情，沒注意到後面還接了七件竊案。

「不開不行，民眾損失太大。」王碩彥回答。

「什麼叫不開不行？給我撤掉。」

「不撤。」

「不撤？」副隊長語音抬高，這是要和王碩彥攤牌了：「好啊。」

然後他就掛斷了電話。

樓上的柳定宇聽到動靜，嚴肅的走下來：「怎麼樣？」

「沒怎樣，翻臉了。」王碩彥淡定的回答。

案名這東西是可以更改的，你警察要送件到法院，總得給嫌犯安一個正確的罪名，所以什麼「妨害公眾飲水罪」，子虛烏有的東西，偵查隊分分鐘都能改回「毀損罪」，再依真實情節送辦。

王碩彥不要什麼，就要這個「毀損罪」存在而已，倘若一開始就以「毀損罪」送件，偵查隊就會丟回你頭上，讓你自己解決掉，吃案也好，破案也罷，弄掉就是了。但現在王碩彥用「妨害公眾飲水罪」硬送，偵查隊要改「毀損罪」，就得自己處理，只要他們丟回給王碩彥，王碩彥一定以「妨害公眾飲水罪」辦理。

「竊盜罪」也是一樣的道理，他們想讓派出所撤案是沒指望了，要讓派出所破案更沒指望。這回一次來了七件，分局禁不起風險，不可能撒手不管，讓派出所自行消化，倘若派出所沒處理掉，完蛋的就是偵查隊和分局長。

二加七，一共九件，加上黃立德死亡案，這些燙手山芋，偵查隊揑著褲襠也得接下來了。

「估計他十分鐘後才會想清楚這些事。」王碩彥平靜的說道，又走到後面泡茶去：「然後又會打電話來臭罵一頓。」

果不其然，幾分鐘後電話就播來了，王碩彥讓小簡去接，表示自己不接。小簡被罵得狗血淋頭，硬是說王碩彥在忙，沒空接電話，沒空，真的沒空！

待小簡被轟炸結束後，王碩彥問道：「他說什麼？」

「他叫你回播電話給他。」小簡可憐兮兮的說：「馬上。」

「哦？」

「你不打嗎……」小簡眼眶泛淚：「我感覺他會衝過來殺我欸。」

「不打，我們就看現在急的是誰。」王碩彥看好戲的說：「中午才在催所長、罵所長，現在換個立場來體驗看看。」

「真的不會有事嗎？」柳定宇憂心的在王碩彥身邊坐下，憂心中卻也帶著緊張與期待：「我感覺我們明天就會捲鋪蓋走人耶。」

「不會，就因為這起案子，我們是不會走的。」王碩彥反而說道。

「啊？為什麼？」

「我們如果走了，誰來擔這個責任？分局長要每天叫誰過去罵？」王碩彥回答道：「沒有哪個笨蛋會來接這個爛攤子，所以，你必須當所長當到這件事結束為止，跑都跑不掉。」

「那也會被秋後算帳吧？」

「那也得等到秋後，誰能活到秋後還不一定呢。」

副隊長的電話結束後，再來就是偵查隊長的電話，然後就是副分局長的，中間還摻雜了許多刑警，他們不是打到派出所就是打到王碩彥和柳定宇的手機。但王碩彥將兩人的手機都關機，並讓柳定宇上樓去休息，晚點就可以準備睡覺了。

「啥？」柳定宇傻眼：「現在這氛圍是要怎麼睡覺？我覺得小簡說得沒錯，他們真的會追殺到派出所來欸。」

「就讓他們過來吧，我待在這裡。」王碩彥回答。

「不是啊。」柳定宇真的一頭霧水，王碩彥這是要澈底把事情搞臭嗎：「我覺得現在的處境真的很危險欸，上級的電話怎麼能不接？我們不會被開除嗎？」

「我說了，那十起刑案就是你的護身符，在它們消失以前，沒有人敢動你，否則就是把石頭砸到自己腳上。」說完，王碩彥朝樓上打了個眼神：「去休息吧，你今天也夠操勞了。」

柳定宇半信半疑，但在這裡乾焦急也不是辦法，只得上樓去。他們都不是王碩彥，不知道王碩彥心裡在想什麼，只能照著他說的話做。

王碩彥也沒什麼計畫，就如柳定宇所說的，他就想把事情搞大而已，搞得越嚴重越好。東勢已經被壓抑得太久了，死氣沉沉，勢態越嚴重，對他們和百姓就越有利，他得把這陳年的臭疙瘩掀起來不可。

「小簡，你有通知記者了嗎？」王碩彥忽然問道，這是剛才柳定宇在場時，他沒提到的。

「有，下午就通知了，用我的手機打。」小簡說道，還心驚膽跳的在等待著下一通電話響起。

「他們說什麼？」

「他們說明天就會派人來看。」

「好。」

石坑有三片果園被毒死，王碩彥不打算善罷甘休，他已經通知了記者，想藉這件事來炒新聞，炒得越火熱越好。況且，還死了一個毒蟲在園子裡，媒體最喜歡這種題材了，王碩彥有意無意將水源區被下毒的事透露出去，記者們不來搧風點火都說不過去。

楊家想鬧多大，他就鬧多大；而分局越不想張揚，他就越是要張揚，這是他們的籌碼。

王碩彥今晚不打算回家了，他就在這裡等著，看會不會有分局的人過來。

王碩彥在後面客廳睡著了，睡得昏天暗地，只是隱隱約約之中聽見了電視的聲音，還有紙箱內三隻小貓的咕嚕咕嚕，細微而令人心安。

反倒是一通又一通刺耳的電話聲，他絲毫沒聽見，只知道是有人打來了，又打來了，小簡不厭其煩的在應付，也沒來吵他起床。

直到凌晨一點多，事情有了變化。

派出所的鐵門砰的一聲，好像被子彈打中一樣，王碩彥立刻從睡夢中驚醒，胡亂的揉了把臉，掏出腰際的手槍，進入備戰狀態。

當他從後台探出頭時，派出所已經亂成一鍋粥了，原來是劉矮山惹事了，劉矮山下班後，在楊家那裡跟人喝酒，起口角，追著人打，後來又被追回來，便一路逃到了派出所。

要知道，喝醉酒的人是沒理智的，根本不知道自己是警察。和他玩鬧的那夥人也個個都不務正業，沒把劉矮山當回事，平時喝掛了，一巴掌就搧過去，也管你是不是警察。這事王碩彥見多了，小簡卻是第一次看到。

「好了好了，別打了，別打了啦！」小簡吆喝著，簡直嚇呆了。

方才他值宿，在值班台旁睡覺，鐵門忽然砰的一聲被敲打，他從洞口發現是劉矮山，便開門，誰知這一開門就沒完沒了，楊家那些小混混跟著跑進來，追著劉矮山滿屋子跑。

「喂，你們夠了！」王碩彥走出來，大聲吼道。

對方來了五個人，王碩彥認出其中一個是楊隆平的姪子，綽號叫小楊，血氣方剛，最愛鬧事，也和劉矮山關係最好。

「副座，你……你要給我一個公道！」小楊醉醺醺的說道，指著劉矮山：「他說美菲喜歡我這型的，我說我也喜歡，你知道他說什麼嗎！」

「我還說什麼了？」此時，躲在王碩彥背後的劉矮山也站出來了，理直氣壯的對著小楊罵道：「我說我妹當你老母都當得過去了，你他媽竟然想把她！」

「幹你娘，你說這話有意思沒？」小楊當場拍桌，面紅耳赤：「你現在是看我沒有就是啦？」

「你這臭卒子我看你什麼有？毛都還沒長齊就想當我妹婿？」

「我操你媽，幹！幹！」小楊領著一夥人又追殺過來。

「好了好了！我說好了！」王碩彥伸手攔住眾人，他知道醉漢下手不知輕重，因此也不敢大意，一把就拽住小楊的後領，擒賊先擒王。

「副座你給我放開，這我們私人恩怨！」小楊掙扎著，指甲朝王碩彥臉上揮舞。

「現在已經晚了，我們明天再說好嗎？」王碩彥左閃右閃，和小簡一起合力將眾人擋出：「我們明天再說。」

「你給我放開，我今天一定要他說清楚！」小楊仍不肯善罷甘休：「欸山，你給我死出來！」

「好了啦。」王碩彥乾脆用胳膊架住他，拖也給拖到外面去。

「欸山，你這個王八蛋，以後有種不要來喝！」

「好好好，明天再說。」

「美幹拎啦，幹！」

好不容易，他們將這夥不速之客都趕出了派出所，鐵門重新拉上，屋內恢復平靜。劉矮山的打呼聲傳來，他竟在王碩彥剛才睡的地方就直接睡著了，渾身的酒臭味。

「這什麼狀況啊？」小簡嚇傻了：「好可怕，流氓欸。」

「也不算啦，都認識的，楊家的。」王碩彥敷衍說道，被搞得滿身是汗。

「不是啊，剛才那樣很危險欸，派出所假如只有我，我就死定了欸！」小簡還心有餘悸。

「所以以後不要亂開門，知道嗎？」

「他們是為什麼吵架？」

「沒為什麼，醉漢想怎麼吵就怎麼吵。」王碩彥邊說邊往廁所去洗手，對什麼美菲的事完全不感興趣，他只是好奇，為什麼劉矮山會在這個敏感的時間點，跑到楊家去喝酒？難道他不知道兩邊的關係已經鬧翻了嗎？

「喂，欽山，起來。」

「起床喔，欽山。」他將劉矮山搖醒。

「啊？你幹嘛？別打我。」劉矮山睡眼惺忪的醒過來。

「你到楊家去幹嘛？」王碩彥問道。

「啊就有人找我我喝酒啊。」劉矮山回答，見王碩彥是問這麼無聊的問題，不甘願的跺了跺腳，又躺下去。

「誰找你喝酒？」

「小楊啊。」劉矮山閉著眼回答。

「啊他叫你去你就去？」王碩彥不放棄，他仍覺得有蹊蹺。

「吼，就隆平大哥找我去的啊，我是可以不去膩？」

中了，王碩彥在心裡想道。

楊隆平不會無緣無故找劉矮山這種小咖喝酒，鐵定是發生了什麼事。

「啊你們聊什麼？」王碩彥繼續問道。

「什麼聊什麼？」劉矮山半夢半醒。

「隆平大哥問什麼？」

「什麼問什麼？」

「你他媽給我正經一點，不要模仿我說的話。」王碩彥掐住他的肩膀揉了揉。

「唉唷痛痛痛痛痛！好好好，我知道了，啊就問我們查到哪裡而已啊。」

「查到哪裡？」王碩彥立刻停下手中的動作：「還有呢？」

「沒了啊，我就說我們該做的筆錄都做了啊。」

王碩彥沉默了片刻，這楊隆平——該不會是怕了吧？

楊隆平和他爹楊茂昌不一樣，沒能繼承那股敢害死親兄弟的血性。楊茂昌算半白手起家，楊隆平卻含著金湯匙出生，愚蠢平庸，自大而且懦弱，只敢落井下石、欺善怕惡，從未有過什麼建設性作為，導致他們大房家道中落，守到現在只剩一間廟。

楊隆平幹了那麼多壞事，現在知道警方認真在查了，該不會是怕了吧？不然幹嘛把劉矮山這種三流角色叫去打聽口風？

如果是楊茂昌，肯定不會自亂陣腳的，把劉矮山叫去問警察查到哪裡，未免也太弱了吧？

「好，你繼續睡。」王碩彥滿意的笑了，拍著劉矮山的腿，哄他睡覺。

終於有一件值得高興的事發生了，所謂楊家，並不是屹立不搖的，瞧小楊那副德性，怕是再富不過幾代，就會被敗光了。

想到半天前，他們還被楊家壓著打，結果現在就露出馬腳了。要知道，在戰場上，士氣這東西最重要，中午那時王碩彥還以為楊家真的殺人不眨眼，弄死個人都當弄死螞蟻一樣，原來只是虛張聲勢。

楊隆平也會有怕的一天啊？

「小簡，我要回家了。」王碩彥站起來，對著值班台說道。

「咦？你不是說今晚要睡派出所？」

「應該不會有事了，我要回家了。」王碩彥走進槍械室還槍：「對了，所長呢？怎麼都沒看到？」

「他剛剛下山去買東西了，說睡不著。」

「他回來的時候跟他講一聲啊，說後面那隻死豬又惹事了。」王碩彥意指劉矮山。

今晚原本要等分局的人過來的，但啥也沒等到，倒是等了個劉矮山。

楊家再怎麼隻手遮天，只要東勢有柳定宇和王碩彥這兩個不怕死的非常規存在，他們就別想安穩了，現在要請分局長把他們調走也來不及了，分局長正自身難保呢。

是楊隆平自己鼓搗的蜂窩，就別怕蜜蜂出來叮人。

操你媽的，他們可是警察呢！

第十一章

隔天一早，柳定宇就被叫到分局去了，解釋清楚昨晚的九起刑案到底是怎麼回事。

王碩彥讓他接長官的手機，讓他順分局的意思，過去挨罵，王碩彥自己也被強制叫了過去，但他耍了點心機，他假意要跟著柳定宇到分局去，口頭答應，實際上卻沒跟著去，他就留在派出所，讓柳定宇隻身前往。

「你就做好必死的決心過去吧，在那裡可能會被極盡羞辱，你要承受得住。」王碩彥如此替柳定宇送行道，方才，他也在電話中被劈頭痛罵，什麼難聽話都講出來了。

「你真的不去嗎？我覺得不去的後果會比較嚴重欸。」柳定宇心有餘悸的說道，他和王碩彥這次玩大了，石坑所從未一次性發生過這麼多起刑案：「這次我們應該真的活不了吧？就像你說的，我可能暫時不會被調職，但風波平息後，我就滾蛋了，你也會遭殃吧？」

「那就要看今日事情如何發展了。」王碩彥賣關子的說道：「分局長和刑警隊要解決這些案子並不難，搓湯圓頂多搓一個禮拜就能搓掉了，大不了再抓幾個小混混來頂罪。」

「那怎辦？」柳定宇大吃一驚：「這和昨晚說好的不一樣呀，昨晚不是說這招能搞垮分局長嗎？」

「分局會把案件解掉，但我不會讓他們輕易得逞。」王碩彥笑道：「反正等一下不管他們怎麼說，你都賴皮就好了，不要頂嘴也不要放心上，忍耐過去，我會在這裡替你補血的。」

「怎麼補血？」柳定宇狐疑的問道，還是不知道王碩彥葫蘆裡賣什麼藥。

「你過去就是了，等等，就是決勝負的時刻。」王碩彥拍著他的背說。

他早已聯絡好了記者朋友，並且刻意囑咐他們，要繞過分局的公關室，別讓分局知道，說是派出所有獨家消息要釋出。待會兒，不管分局那邊打算如何處理這九起刑案、如何給柳定宇下指示，王碩彥都會召開記者會，將案件直接定調為「妨害公眾飲水罪」，有人在水源區裡下毒，影響整個大台中地區的安全。

這事情一旦這樣開展，就一發不可收拾了，鐵定會鬧得如火如荼，市長會來關心，衛生局也會趕緊抽驗土壤，立刻上頭條新聞。到時候就不是分局隨便唬弄能解決的了，他們必須查清楚，給社會大眾一個交代。

王碩彥就是要和分局對幹，兩邊不同調，估計分局到時候也是看新聞，才會發現自己被捅了。什麼下毒、什麼污染水源，他們要想跟外界解釋，一時半刻也解釋不清。

柳定宇剛走不久，記者們就來了，停了三、四台車在外面，車身上印有電視台的標誌，只有作醮時才能見到這種景況。

劉矮山和小簡都在，劉矮山昨天喝醉酒，在後面睡到現在才醒來，他一睜眼就見派出所滿滿都是人，有的在架攝影機，有的在備稿，很是驚訝。

「別在那摸魚了，快去洗把臉。」王碩彥推著劉矮山進廁所，在吵雜的人聲中，讓小簡用彩色印表機印出幾張警徽，搭配石坑派出所五個字，硬是搞出個招牌來。

小簡可沒開過記者會，忙得開花，也忙得樂，王碩彥叫他做什麼他就做，不一會兒工夫，就搭出了一個臨時的發言台，還掛著紙印的警徽當作背景。

「是這樣子的喔，本所在二十六號，也就是週二晚上的時候，發生了兩起下毒案。」王碩彥老神在在的唸起稿子來，戴了副老花眼鏡，千百年沒開過記者會的他，如今還是游刃有餘：「經初步勘查，遭下毒的地點位在谷關水庫和鯉魚潭水庫之間，已經是梨山下游，雖然避開了重點的集水區段，但為謹慎起見，本所還是另外開立了『妨害公眾飲水案』以及『違反水污染防治法』，並通報環保局進行深入調查，對大台中地區的飲水安全做整體性的評估。」

他說的話就跟電視上那些官老爺講的一樣，枯燥乏味，讓小簡聽得兩眼發直，這麼有趣的案子，竟可以被他描述成這樣，原來記者會的功用就是把故事說得很無聊呀？

隨著王碩彥開始講話，記者們的聲音逐漸變小，然後又大了起來。

「所以有抓到下毒的凶手是誰嗎？」記者們開始提問。

「目前還在調查中。」王碩彥保守的回答。

「有任何可透露的線索嗎？」另一個記者舉手發問。

「基於偵查不公開，可能不方便透露。」

「是當地的份子作亂嗎？」其他記者接著問，很是踴躍。

王碩彥開始覺得奇怪，這些記者們打的全是同一個方向的問題，他們不關心水源被下毒，不在乎影響範圍有多大，也不問有沒有檢測出毒水；他們似乎集體知道什麼情報，全都往兇嫌的部分追問，這讓王碩彥很不安。

還有什麼事情能比整個大台中的用水更勁爆，更能引起記者關注？

王碩彥知道媒體的作派，他們一旦擁有什麼獨家消息，就會壓到最後，等把你問到理屈詞窮、破綻百出，再給你一刀斃命；最經典的，莫過於他們會去採訪婚姻出軌的名人，他們什麼都不說，就讓你回答，最後笑著離開，等你明天回過神來時，他們直接將你帶小三的影片放到電視上，再配合你矢口否認的說詞，讓你死無葬身之地。

「我們是有找到一些相關線索。」王碩彥猶豫著回答，他必須透露一點情報，才能套出媒體的底：「這兩起下毒案和之前的那起可能有關聯。」

「什麼關聯？」記者馬上問。

「目前還在追查，但前個案子的嫌犯已經死亡了。」王碩彥拋出了這個震撼性消息。

沒想到記者們卻毫無興趣，直接問：「這兩起案子的嫌犯跟派出所有過節嗎？」

「什麼意思？」

「跟楊家人有關嗎？」

王碩彥冒冷汗，媽的，現在是怎樣？記者們知道的怎麼好像比他還多？難道記者知道嫌犯是誰？猶如深淵在側，王碩彥不曉得記者想做什麼，什麼叫跟楊家人有關？

確實跟楊家人有關，但具體是誰，王碩彥卻完全沒做過偵辦。他從頭到尾都是在利用這兩起毒樹案，壓根兒沒去調查過歹徒，他們做筆錄的點，從來就不在破案上。

「你們有什麼情報嗎？」王碩彥不演了，直接和記者攤牌，他倒想知道，記者為啥要抓著嫌犯不放：「怎麼會說嫌犯跟派出所有過節？你們有什麼線索嗎？」

記者們左看右看，彼此張望，最後由其中一個發言：「可以請副所長解釋一下昨天晚上發生的糾紛嗎？是否和下毒一案有關？」

啥？這話聽得王碩彥越來越迷糊了，什麼昨天晚上的糾紛？

王碩彥心驚膽跳，真猶如婚姻外遇被抓到的男星一樣，滿頭疑問，啞口無言。面對台下的屏氣凝視，他只能打個暫停，將小簡喚過來，低聲問道：「昨天他媽的是發生了什麼案件？我怎麼不知道？你們又知情不報？」

「咦？哪有什麼案件。」小簡悄聲說：「他們問的不就是欽山學長喝醉酒，被打到派出所的事嗎？」

王碩彥這才恍然大悟，原來指的是這件事呀。

「昨天晚上並沒有什麼糾紛啊，那只是同仁在下班時間跟友人小酌，回到派出所時起了點口角。」王碩彥回答道。

「是什麼口角糾紛？」記者接著問。

「具體我也不清楚，就是喝酒時的一些醉話。」王碩彥不明白記者為何如此追根究柢。

「只有口角而已嗎？但派出所都被砸了欸。」其中一名記者終於按捺不住，狐疑的問道：「有民眾看見四、五個黑衣人闖入派出所，手持刀棍和警察發生爭吵。」

「並沒有手持刀棍。」王碩彥立刻堅決反駁，但一想想媒體的德性，背後都涼了，這幫孫子手上鐵定有影片，他便又將小簡拉來問道：「昨天小楊他們，沒有拿什麼武器對吧？」

「有一個拿棒球棍。」小簡說道。

王碩彥臉都白了，昨天太混亂，他都沒有注意到這點。他向媒體回答：「昨天確實有位民眾，情緒比較激動，是有拿棍子的狀況喔，可是，並沒有拿刀械。」

「那肢體爭吵是有的吧？」記者問道，並意在他處的刻意關心道：「員警有受傷嗎？」

「沒有喔，我們只是做一個勸阻的動作。」王碩彥趕緊回答，要是警察被打傷那還得了。

另一個記者卻把持不住了，大膽問道：「為何派出所沒有逮捕這些人？他們手持棍棒闖入警察機關鬧事，沒有妨害公務的疑慮嗎？派出所不做點澄清嗎？」

由於記者的提問太尖銳，王碩彥只能先設法轉移話題：「昨晚只是我們同仁和朋友喝了酒，有些口角糾紛，並沒有任何人受傷，也沒有特殊的暴力行為。」

「都持棍棒闖入派出所了還沒有暴力行為?所以一般民眾可以這樣闖入派出所嗎？」記者A問道。

「民眾有目擊派出所電腦被砸，警察為什麼任由這種事發生？為什麼不逮捕？」記者B問道。

「本刊稍早有採訪一些民眾，他們不具名提到，這些黑衣人都是當地有名的流氓喔，派出所可以讓流氓這樣作亂嗎？為什麼不作為？」記者C問道。

王碩彥支吾半天，竟回不出一句話來，他原本想捅分局一刀，現在反倒捅向自己了。他一直以為昨晚那只是小事，被媒體這麼一講，頓時有股遭殃的感覺。

比起水源被污染，派出所遭流氓造次，才是立竿見影的話題，畢竟大家也不是傻子，你在果園裡倒幾瓶農藥就想製造輿論？還是等檢驗報告出來再說吧，現在派出所被砸才是黃金關注點。

「派出所是否面臨什麼壓力？」記者見王碩彥說不出話來，又繼續問：「為何不處理這幫滋事分子？因為他們是東勢楊家的人嗎？」

「和那個並沒有關係。」王碩彥說道。

「昨晚為什麼他們會闖入派出所，是否和水源污染一案有關？」記者又問，開始捕風捉影，將線索湊在一起：「黑衣人攻擊派出所和下毒案有關嗎？是為了阻止警方偵辦嗎？黑衣人是不是東勢在地的樹頭公人？」

「嘿，嘿，沒有證據的事情可不要亂說，我剛剛已經講了，純粹是朋友小酌後的打鬧，跟案件什麼的無關。」王碩彥見情況越來越糟，趕緊解釋。

「但據本刊採訪，民眾稱下毒案就是那夥流氓做的，警方有採取民眾的線索嗎？」記者有備而來的問道，咄咄逼人：「為何流氓闖入派出所，警方沒有作為？是不是畏懼楊茂昌的勢力？下毒案是否也是楊茂昌所為？」

見媒體越說越離譜，王碩彥直接下台，宣布解散，不再做任何發言，事情已經遠遠超出他的控制。

「喂，怎麼這樣？為什麼不面對媒體提問？」記者們不樂意了：「副所長，你還沒有解釋清楚。」

「對啊，沒有解釋清楚我們怎麼截稿？」記者A說道。

「所長在嗎？」記者B說道。

「還找什麼所長，直接到分局去。」記者C說道，轉身給同伴打個指示：「等等小傑開車，我給分局公關室打電話，十分鐘後車上集合。」

「那我們也到分局去。」記者D說道。

「今天東勢分局長在嗎？」記者E說道。

「打過去就知道了。」記者F說道。

記者們霎時起起鬨鬨，收器材的收器材，打電話的打電話，一哄而散。

王碩彥躲到廁所裡，並也按著剛洗完臉的劉矮山，不讓他出去。要是讓記者們看到昨晚騷動的主角，那還不大亂？

王碩彥的心臟砰咚砰咚跳著，事情的發展已經超出了他的預期，他沒想到劉矮山喝醉酒這樣一鬧，可以鬧出這種花樣。但他一聽到他們要去分局，又驚覺這也未嘗是件壞事，本來他就打算大亂特亂，現在火已經點起來了，沒理由讓它不燒。

記者們的亂牽連，也不無道理，他們準確的推估出了整個事件的結構：樹確實是楊家的人毒的，那夥混混也確實是楊家的流氓，派出所有沒有受到楊家干擾？有。百姓有沒有受到楊家欺壓？有。

他們說王碩彥昨晚應該要逮捕那群小混混，法律上是這樣講沒錯，但以現實的狀況，有可能嗎？小楊可是楊隆平的姪子，樹頭公廟最年輕一代的頭頭，而且又是劉矮山自己去跟他們喝酒攪和的，這要如何算帳？

昨天假如王碩彥被打了，王碩彥也只會揍回去，把小楊打到流鼻血都沒關係，但要說逮捕，是不可能的，這種警民之間錯綜複雜的關係，不是三言兩語能解釋清楚的，外人無法理解。

「副座，怎麼辦？」記者們走後，小簡面色蒼白的走進廁所問道：「他們都跑去分局了。」

「去就去唄。」王碩彥故作鎮定的說。

「我們完蛋了啊，我們昨天真的應該要逮捕的，用妨害公務。」小簡害怕的說：「我們這樣算瀆職吧？縱放人犯？」

「開電視。」王碩彥突然說。

「什麼?」小簡愣住。

「我說開電視。」

電視一打開，神奇的事發生了，竟都是在播昨晚石坑派出所遭小楊搗亂的新聞，什麼「黑衣人闖派出所，關鍵九十六秒影片曝光」、「東勢之亂，驚傳派出所遭砸」、「疑酒後糾紛，派出所遭砸」、「黑衣人砸派出所，警大教授稱：太離譜！」、「副所長證實，派出所於夜間遭砸」。

各式各樣的標題，應有盡有，剛才王碩彥發言的影片，也已經被放上電視台了，主播講得口沫橫飛，就專門播放他無言以對的窘態，幾秒鐘的神色緊張一直重複播放，就偏偏不放他前面冷靜的模樣。

「哇操，這是怎麼回事啊?」小簡嚇一跳：「我們不是剛剛才開記者會而已嗎?他們怎麼這麼神速?」

王碩彥深深嘆了一口氣，一切都在他的預料之中，記者們通常在採訪之前，就已經準備好所有的證據和素材了，隨時要送你上西天。他說：「現在完全失控囉，原本是要來談水污染的，結果每個人都不是來談水污染的，不懷好意。」

記者把消息可壓得真好，王碩彥完全不曉得今天的記者會，自己會被這樣下套，他才在好奇，記者是從哪知道派出所被砸的消息，電視就接著轉到了截屏畫面：

只見昨天夜裡，劉矮山被小楊一夥人追到了派出所，在鐵門前敲打求救，接著一群人就進到了派出所，大肆叫囂，推擠員警，王碩彥和小簡的身影都被拍到了。

王碩彥瞇著眼仔細看，這素材像是行車記錄器，也不知是哪個吃飽太閒的民眾，開車經過時把一切拍下來，然後交給記者。

畫面的最後，楊家的某個混混用棍棒將警用電腦螢幕掃落，然後被王碩彥給趕出了派出所。媒體就在這個點上大作文章，王碩彥看了，心臟也跟著頓一下：「昨天還真的有砸電腦啊？」他朝小簡問道。

「有啊，但沒怎樣。」小簡指著前方值班台的電腦說，昨晚就是他把電腦扶起來的：「應該不用報修吧？我看都沒壞。」

「欸，所以我們這樣真的沒問題嗎？」此時，劉矮山終於發聲了。

他就是一切的罪魁禍首，渾渾噩噩的躲過記者會後，現在才算完全醒來。他看著電視上自己所造就的豐功偉業，再怎麼少根筋，也能察覺到不妙了。

「我們會不會被炒魷魚啊？」他雙眼瞪大，求救的看著王碩彥：「疏縱人犯，我的媽呀，他們講成這樣，我們會不會被送法院啊？副座你要救我呀，我還三年就要退休了，不能栽在這裡！」

「你就會被炒魷魚。」王碩彥故意說道。

劉矮山雙腿一軟，跌在沙發上，又傻了：「我怎麼這麼苦命啊，唉唷，早知道就不要喝酒了，唉唷。」

這事情的威力真的很大，比起什麼水源污染，要大得多了。石坑派出所現在的正確作法，應該是要馬上報告分局長，而且率隊去楊家三合院逮人，請昨晚鬧事的一干混混都到派出所做筆錄。該辦妨害公務的就辦妨害公務，該辦毀損砸電腦的，就辦毀損，每一分一秒都很珍貴，完全不能浪費。

但王碩彥就啥也不做，只是靜靜的在這裡看電視，他就等分局的動作。一方面是因為，他本來就要給分局捅簍子了，讓分局去煩惱剛好而已，另一方面，這件事牽扯到了楊家，誰也不知道要怎麼善後。

不出半個小時，分局長林昆濱就帶著一夥人，風風火火的趕來了，他一手押著柳定宇，另一手帶著督察組長，親自踏進了石坑所。

「王碩彥！」他一進門就大聲嚷道：「你們到底在搞什麼鬼！」

林昆濱橫眉豎目，臉色再也沒有之前的養尊處優和圓潤飽滿，好像一夜之間連頭髮都變白了一樣，神色憔悴。

王碩彥還來不及過去接應，林昆濱就帶著一夥警官走來了，殺氣騰騰。看樣子是繞過了記者的追殺，剛才才從分局後門溜出來的，處在輿論頭上，他可不想先與記者碰頭。

「到底是怎麼回事？派出所被砸？」他走到了後台，和站起來的王碩彥、小簡和劉矮山三人對峙，大眼瞪小眼。

「報告分局長，我們也還在了解中。」王碩彥制式的回答道。

「我操你媽，了解中！」林昆濱更加火大，直接飆粗口。

督察組長趕緊安撫他，然後讓大夥兒坐下，趕緊把事情釐清清楚。

王碩彥將昨晚發生的事情都說出來，態度誠懇，裝無辜，但這幫人個個斜眼看他，肯定是不信他了。回想半小時前，他們在分局開會，才因為一千石坑所的刑案被搞得焦頭爛額，正打算弄死王碩彥和柳定宇，外頭卻突然敲門，要分局長趕快看電視。

分局會議室內，林昆濱打開電視，瞠目結舌，什麼水污染，根本不重要了，這派出所都上新聞了，警察跟小混混扭打的畫面重複播放，標題赤裸裸寫著「警察無能」、「官署形同虛設」，林昆濱都快嚇尿了。

幾乎是在眾人看完新聞的同時，媒體就追殺過來了，督察室和警政署也打電話來關切。

林昆濱讓幕僚去應付，趕緊往石坑所衝來，他非掐死王碩彥不可。

「真的不是我啊，跟我無關啊！」王碩彥喊冤，但也不能總講些不著邊際的混蛋話，便坦承道：「確實那些刑案是我開的，因為歹徒實在太可惡了，但派出所被砸真的不是我的錯，是他啊，他！」王碩彥將手指向劉矮山。

劉矮山被嚇得魂都要飛掉了，從被王碩彥修理的那次起，他就一直處在恐懼邊緣，覺得自己活不到退休。現在被王碩彥給推出來，更是直接下跪求饒：「分局長，饒命啊，我真的不知道，我昨天只是喝醉了，我不知道為什麼一醒來就變成這樣啊！」

「不知道！」林昆濱氣得臉紅脖子粗，拿著遙控器就打開電視：「你就站在裡面，你看看，那是不是你？」他指著新聞上的劉矮山說：「哇，精神飽滿，中氣十足啊，你跟楊家人在那喊什麼？你說你不知道？」

「對不起，分局長，是我錯了，我不該喝酒的……」劉矮山哽咽起來：「我真的不是故意的！」

「馬上記過！」林昆濱拍桌罵道，吩咐督察組長：「現在就處理，快點，我需要懲處記錄！」

「是，分局長。」督察組長趕緊點頭，讓身邊的屬下做記錄，向劉矮山問清楚詳細經過。

林昆濱站了起來，一會兒和同行的副分局長討論該怎麼辦，一會兒看手機，但就是不敢接電話；他又向王碩彥問了些昨晚的經過，聽了聽劉矮山和督察組的互動，然後就拍板定讞。

「王碩彥，你，去把楊家那群人叫來。」他朝王碩彥命令道：「就昨天來鬧事那群，楊隆平的姪子還有那個誰，都叫來！」

「啊？是要傳喚嗎？」王碩彥不太懂。

「什麼傳喚，傳喚你個頭，叫過來就是了。」林昆濱的意思很清楚，他沒要追究這些人，傳喚是做筆錄用的名詞，他不是要叫他們來做筆錄，他是要叫他們來和解：「你剛剛說，電腦沒壞是吧？」

他向王碩彥確認這件事。

「對，雖然有被砸到，但應該是好的。」王碩彥看了看值班台，那電腦可說是整個事件中最衰的，無端遭殃。

「也沒人受傷嘛？那好。」林昆濱再三斟酌後說道：「劉矮山記兩支小過，喝酒鬧事，你和柳定宇，你們兩個督導不周，各記一支小過。等等就在這裡開記者會，和楊家人和解，我請議員過來見證。」

王碩彥還以為自己聽錯了，現在是要打自己人給外人看嗎？正副所長和劉矮山記過就算了，罪有應得，但擅闖派出所的人總該辦一下吧？這是不打算辦的意思嗎？

一旁的副分局長也覺得不太妥當，便說：「分局長，那妨害公務的事情要不要也稍微處理一下好？輿論當頭，至少函送辦理？」

「辦個屁，那些是樹頭公的人，要怪就怪這個王八蛋！」林昆濱踢了劉矮山一腳：「我會請楊家四房，楊議員來處理，讓他跟大房說一聲，叫那些混混道個歉，順便再喬媒體，一切好辦事啦，都自己人。」

「議員喬得過去嗎？」副分局長表示懷疑，眼光瞄著新聞畫面：「怕是連議員都壓不下來。」

「不然你打算怎麼辦？把楊家送妨害公務？昨天那些不是普通人，裡面有楊隆平的姪子，不是你隨便推個人出來替罪就能了事。」林昆濱指著電視說道：「楊家為了滅火，自己也會處理的，看他們能不能自已聯絡市府，讓媒體閉嘴，最好是直接聯絡電視台高層。」

其實兩邊說的都有道理，王碩彥也不能判斷誰的處理方式正確。分局長的息事寧人，是最標準的作業程序，畢竟總不能真的辦了楊家，想來想去，還是只能走這條路，就看媒體能不能饒過他們，或突然發生點別的政治事件，來轉移輿論焦點。

官當到這裡，各有各的智慧，都不是省油的燈。事件還在延燒中，這麼做究竟會變好還是變壞，完全無法預測，就跟總統選舉一樣，不到最後一刻，不曉得會鹿死誰手。

但王碩彥總還是要說一句話，若不是楊家，誰會有這種特殊待遇？尋常百姓擅闖派出所，早被暴打一頓，上銬逮捕了好嗎？

「找到了嗎？好，好。」林昆濱又打起了電話，匆忙聯絡議員、媒體及相關人物，沒時間拖延，當下就決定半小時後召開記者會，在石坑派出所現場。

另一方面，督察組長已經開好了懲處記錄，柳定宇、王碩彥、劉矮山和昨晚值宿的小簡，全都列在其中。林昆濱拿起紙張細看，如獲至寶，認為光靠這份記錄就能擺平一切了。

「那你自己不用記一支申誡嗎？」王碩彥忍不住嘟噥道。

「你說什麼？」林昆濱臉色立刻僵掉，瞪著王碩彥。

「連坐處分的話，你是單位主管，自己也要記一支申誡才能平息民怨吧？」王碩彥回答：「畢竟大家看到的是你，是東勢分局，他們才不管是哪個派出所。」

林昆濱想想覺得王碩彥的話有道理，便心不甘情不願的交代督察組長：「你做記錄，報請警局督察室，把我和副座也記懲處了。」

「蛤？我也要喔？」副分局長不樂意了。

「你他媽昨天是你當值，不記你記誰？」林昆濱破口大罵：「等等記者來都給我老實一點，柳定宇、王碩彥。」他點名喊道，已經不再相信這兩個人：「你們等等都給我上樓去，不准出現，等事情結束後，你們就給我滾吧，這輩子不想再看到你們兩個了，愛調哪調哪去。」

半小時很快就要到了，王碩彥帶著柳定宇摸摸鼻子上樓去，再也沒有他們說話的餘地。

林昆濱也是個厲害的人，不到半小時的時間，竟真的找來了楊家四房的議員，還有楊隆平，以及當地里長；昨晚鬧事的五個人，也一個不差全被帶來了，眾人在鎂光燈的焦點前，煞有其事的上演一場「警民誤會大和解」。

此刻的柳定宇坐在椅子上，髮絲凌亂、表情恍神，毫無所長的樣子。一直都沒有出場餘地的他，即便是現在，自己的派出所出事了，也只能聽命行事。

「所長，你在想什麼？」王碩彥站在窗邊，一如既往的打量遠方山景，問道。

底下停滿汽車，那些不久前才剛離開的新聞記者，又全都回來了，正在樓下轟轟烈烈的召開記者會。但王碩彥關上了門，所以聽不見他們的聲響，只有窗外石坑的風景映入眼簾。

「我也不知道。」柳定宇恍然的說道：「我現在也不求能平安下莊了，我現在連發生了什麼事都不知道。」

以他的視角，他就是在分局被罵、被檢討刑案，接著石坑派出所忽然鬧上新聞，他就一起被帶回來而已。他就像是個旁觀者，這是誰和誰的角力他都看不懂。

「你不是說我們可以對抗分局嗎？我怎麼覺得我們這次真的完了？」柳定宇問道。

「我也是走一步算一步而已。」王碩彥坦白說道，他只能拿捏處事的節奏，並不能知曉事情的發展，就如同林昆濱一樣，憑著經驗和直覺進行當下最有利的處置，卻不能預見未來：「因為如果什麼都不做，那你就只有挨打的份，早就不知道死多少回了，你現在也不會還在這個位置上。」

「所以，我們再來要怎麼辦？」柳定宇問道：「你說九起刑案能暫時保住我的位置，現在還保得住嗎？記過只是開始，派出所被黑道闖入，警察威嚴掃地，我接著就會被調離主管職吧？」

「嗯……」王碩彥不曉得該怎麼回答，索性就打開電視。

二樓所長室原本是沒電視的，但柳定宇弄來了一台，王碩彥還沒見到有哪任所長這麼做過，只有把單位當成是自己家，而不是當成跳板的人，才會這樣做。

電視上不出意外，正在實況播放一樓的記者會，事情已經發燒到這種程度了，媒體願意用SNG車現場轉播東勢分局的狀況。

只見楊隆平、楊家議員都到齊了，劉矮山坐立難安的混在其中。分局長林昆濱先講了一段話，不外乎是解釋昨晚發生的前因後果：派出所同仁小酌了，和朋友有些爭吵，然後就不小心吵到派出所之類的，有礙大眾觀感真的很抱歉。

楊隆平讓楊家的五個小混混出來道歉，向警察鞠躬哈腰，接著林昆濱也將劉矮山推出來，讓他和小楊握手言和，代表誤會就此解開，大夥兒都不是故意的。

林昆濱也報告了東勢分局的處置作為，他們會將正副所長記過並調離現職，劉矮山則記兩小過，列為重點輔導對象，然後分局長本人也自請處分。

這番操作堪稱是警界典範，火速的就將危機堵在刀口上，議員更是親自到場見證，充當和事佬。但他們都刻意忽略掉了對混混們擅闖派出所的究責，媒體們也很神奇的，竟決口不提這件事，完全不攻擊分局長，彷彿已經受到了上級的指示，安安分分、配配合合只問該問的問題，和剛才對王碩彥齜牙咧嘴的模樣，大相逕庭。

「厲害嗎？」王碩彥關掉電視，對著柳定宇說道：「這就是分局長的實力，要議員到場就到場，要媒體閉嘴就閉嘴，他很清楚怎麼當一個『警察』。」

「你有什麼對策？」柳定宇聽出了言外之意。

「你想當怎麼樣的警察？」王碩彥問出了一個哲學式的問題。

柳定宇不說話了，他聽不太懂。

「你當初為什麼想當警察？」王碩彥問道。

「你指的是初衷嗎？」

「對。」

他們開啟了一段奇妙的對話，初衷這東西，好矯情，好令人難以啟齒，彷彿小學作文「我的夢想」一樣，我立志當個濟世救人的醫生、立志當個改變世界的科學家、立志當個誨人不倦的老師，而警察當然也有相應的詞，不外乎就是當個伸張正義的警察。

「我沒有什麼特別的故事，小時候媽媽獨自撫養我長大，很辛苦，所以我大學的時候選了警校，因為警校不用繳學費，國家還發零用錢。」柳定宇順著王碩彥的話，娓娓道來。

王碩彥早就查過柳定宇的身世，知道他是單親家庭，便接著問：「那你還是沒有回答，後來呢？你當警察有什麼初衷嗎？還是只是想要有個公家機關的鐵飯碗，過安穩的生活？」

他們早已遠離了那個說要當「改變世界科學家」的年紀，選擇當公務員，要說沒考慮過現實經濟問題，是在說謊；但這並不代表，人的心裡沒有過初衷，初衷可以忘記，但它一定存在過。

「升官發財，也是一種初衷啊，我們並沒有理由與立場，去質疑一個人想升官是錯的，那樣就太自以為是了。」王碩彥說道：「但道不同不相為謀，我們可以選擇，自己想尊敬哪些人、追隨哪些人。你當一個警官，這輩子就離不開升官發財這件事，但你得知道自己要什麼，才有辦法在這混亂的世道中找出自己的定位。怕的不是陰險狡猾，怕的是你沒有方向，你陰險狡猾，那是你的選擇，我可以與你站隊，也可以與你為敵，但如果你連自己的初衷都搞不清楚，我便無法再幫助你了。」

「我知道自己的初衷。」柳定宇回答道，他聽王碩彥的話，竟一點也不模糊，他清楚知道王碩彥想表達什麼：「矮山的學長的初衷，不，不應該說是初衷，應該說他現在唯一的懇求，就是想安穩退休，不要再出差錯了；小簡想要的初衷，他想趕快存錢，然後交一個女朋友，然後這輩子大概就這樣，不會有別的變化；潘韋翔學長跟矮山學長一樣，想平安退休；但副座你比較不一樣。」他說：

「你心中有一股脾氣，你按你的脾氣做事，不怕得罪人的，你在我心裡，其實有很大一片，跟伸張正義有沾上邊。」

「那分局長想要什麼？」王碩彥接著問。

「他也不是想升官發財吧？」柳定宇猶豫的說道，遲疑的想著：「我覺得他就是想在東勢安穩度過後半生而已，所以不得不和楊家人打交道。」

「正確。」王碩彥答道，接著要問重點了：「所以你想要什麼？」

「我要伸張正義。」柳定宇馬上答道，臉不紅氣不羞，這不是故意說給王碩彥聽的：「當然，我現在心裡想的，是我要在這個地方待下去，不能被開除或調走。但從我剛來這地方時，就覺得很奇怪，這裡的人好壓抑，東西丟了也不報警，里長萬年來都是同一個人，選舉時也沒人出來跟他選。楊家那個樹頭公廟也是，我不曉得大家是因為害怕才去拜，還是真的信服，還有，我真的不能接受——」

他深吸一口氣，頭一次能這樣發表自己的看法：「為什麼整片樹都被毒死了，還沒人敢出來報警？警察偷懶不巡邏就算了，為何連要釘個巡邏箱，都得看廟方的臉色？如果大家都過得安居樂業，那我沒話講，但作醮那天我聽了很多當地人的意見，他們覺得楊家人是惡霸，並不是什麼保佑地方的守護神。」

「你看不慣嗎？」王碩彥問道，就這句簡單的話，他要證明柳定宇和他是同一陣線上的人。

「完全看不慣。」柳定宇搖頭。

「如果現在你要我做一件事，你希望我做什麼？」

「把那些胡作非為的人都抓出來。」柳定宇想也不想就說道。

王碩彥大喜，豈止大喜，簡直是喜極而泣。

樓下還在開記者會，在這麼多的答案之中，柳定宇沒有被這些亂七八糟的事情給蒙蔽。派出所被砸、分局長正在把責任賴到他們頭上、自己即將被調職，還卡了九個刑案、什麼下毒、什麼水源污染、什麼鬧上新聞、什麼嫁接工具被偷、什麼黃立德死了，太多的事物擋在眼前，柳定宇還是精準的看到了事情的本質，萬中選一的說出了王碩彥想要的答案——

不是保住現在的位置，或害怕解不掉的刑案，那太膚淺了，他要的，就是把楊家這些惡棍連底帶根的揭發出來。

「還記得我說過，不是好人就一定得吃虧嗎？」王碩彥站起來，緩步走向電視下方：「好人的籌碼，可比壞人還多太多了，因為我們沒有什麼見不得人的地方。」

「所以我們有什麼籌碼？」柳定宇也站起來，引頸期盼。

「派出所的監視器，之所以放在所長室，就是只有所長能動，畢竟是駐地重要的監視記錄。」王碩彥打開鐵盒子，露出裡頭電線交雜的機器，笑道：「不只錄影，還有錄音，剛才分局長在樓下交代我們的事情，這裡錄得一清二楚。」

「你的意思是……」柳定宇睜大眼。

「剛才分局長說什麼呢？」王碩彥故作迷糊的回想道：「我沒記錯的話，應該是說『辦個屁，那些是樹頭公的人，我會請楊家四房，楊議員來處理，讓他跟大房說一聲，叫那些混混道個歉，順便再喬媒體，一切好辦事啦，都自己人』。」說罷，王碩彥攤手：「這些話只要流到媒體手上，地動山搖，連楊議員自己都不保，議長也不用選了。」

「那就這麼辦嗎？」柳定宇又驚又喜又怕的問。

「不，不不不不，這事情還得有點技巧。」王碩彥看了看窗外說道，吵鬧聲大了起來，媒體們正在離開，一團和氣的作秀記者會已經結束了，林昆濱正和楊隆平以及楊議員在底下交談。王碩彥說：「我們先看輿論怎麼發酵，我總覺得，分局長這次是賭錯邊了，這年代的民眾，已經沒那麼好唬弄了。」

「啥？賭錯邊？什麼意思？」這回，柳定宇是真的聽不懂了。

「我們就讓子彈再飛一會兒吧。」王碩彥引用了電影的台詞：「該爆的炸彈，總會爆的。」

第十二章

事情的發展，果然被王碩彥猜得很準。

警察和楊家人握手言和，並沒有獲得社會大眾的認同，反而激發了巨大的憤恨。民眾想看的，並不是警察和混混們和解的畫面，他們也沒興趣看警察被懲處，他們就想知道，為何這幫傢伙闖入警察局，可以全身而退而已。

林昆濱踩錯點了，他本是想在不觸怒楊家人的狀況下，擺平輿論。該懲處的也懲處了，讓小混混跟警察道歉，也道歉了，議員都到場作證了，他還能怎麼樣？

但民眾根本不會知道警察的為難與矛盾之處，他們就是不懂，為何有特權人士可以凌駕在法律之上？

警察局、警政署以及市府單位，見風向已經明確，也紛紛出來站立場了，他們指責東勢分局丟光公家機關的臉，並要求調查當天的違法情事，以瀆職和疏縱人犯的罪名起訴王碩彥、小簡等兩名當天在場的值班員警。

王碩彥本來就知道自己在浪頭上，但他樂於將分局長拖下水。現在的林昆濱已經完了，因為輿論已經明確，所以各方勢力不必再顧及楊家，這時候罵就對了，不管是立委、市長、或是警察局長，只要罵東勢分局就是對的，身為權責機關，罵是本職，外人及電視名嘴也可以跟著罵，蹭一波聲量。

電視的聲音響起：「現在記者再帶大家回顧當天畫面，可以看到，這群黑衣人衝進派出所，看到東西就砸，而我們警方呢，是手無縛雞之力的，只有兩個人，兩個人要怎麼對付這麼多人呢？為什麼不拔槍？我們請警大教授，葉教授來跟我們說明一下。」政論節目無一不在討論這件事。

王碩彥和柳定宇都在派出所，面色沉重的聽著電視播報，距離事情發生已經過了一天，兩人電話接個不停，都是總局、警政署的詢問，分局倒是沒打電話來，估計林昆濱要接的電話比他們還多。

王碩彥和柳定宇也要被調職了，派令已經下來，兩人都被調到台中市區去，一個繼續當員警，一個當小警官，再過兩天就會生效，他們要去那裡報到。

這和王碩彥講的不一樣，王碩彥明明說兩人有保命符的，再怎麼樣都不會被調職，因為沒人敢來接這個爛攤子。但遇到非常狀況，林昆濱自己都快下台了，根本顧不了這種小事。

「別擔心，我們等。」王碩彥說道，在所長室內，和柳定宇泡茶，享受這最後在石坑所的時光。

「等什麼？」柳定宇納悶道，現在中午十二點，兩人從早上開始接長官的電話，已經待命到現在了。

「等一通神奇的電話出現。」王碩彥賣關子。

新聞還在播，說分局長林昆濱跟當地黑道關係良好，那些小混混就是黑道，雖然沒明確指出黑道就是楊家，但也八九不離十了。

警政署的督察室和市政府都出面調查，立委更直接將這件事帶到國會殿堂，反覆播放影帶，質問內政部長，為何警紀如此敗壞？警方是不是和黑道勾結，否則怎可如此息事寧人，縱放這些惡棍？

要知道，內政部長那可是警政署長的頂頭上司，警政署長就在場，只能像個小弟一樣站在一旁唯唯諾諾，對於部長被責罵，彷彿巴掌打在自己臉上。可想而知會議之後，署長會如何對付林昆濱，恨不得一手捏死他。

「副座，小楊他們已經被帶到分局了。」這時，小簡跑進來說：「帶到偵查隊去做筆錄了，聽說全部要用妨害公務和毀損辦，好像還有其他罪，上頭交代要從重處理。」

「當然是從重處理，我們署長都被從重甩巴掌了。」王碩彥氣定神閒的說道，小楊也算衰小，之前也不是沒鬧過派出所，偏偏就這次夜路走多，遇到鬼了。王碩彥接著問：「然後呢，打算怎麼處理你和我？」

「好像瀆職吧……應該逮捕而沒有逮捕……」小簡弱弱的說道，講到自己又覺得委屈了：「可我也是聽你的命令辦事啊。」

「你現在是在怪我嗎？」

「沒有啦，呵呵。」小簡趕緊跑走。

「我們到底要等什麼電話啊？」柳定宇著急的問道，怕是山窮水盡了。

「等一通，前來自尋死路的電話。」王碩彥翹著腳，在窗邊磨指甲。

約莫過了半個小時，大概是午餐時間，眾人都消停，不再追殺案件，去吃飯的時刻，王碩彥的手機終於響起。打開一看，正是林昆濱打來的電話，林昆濱終於找到了個喘息的空檔，給王碩彥打電話。

「王碩彥！」他一開口就喊他的名字。

「幹嘛？」

「把派出所的監視器刪掉。」

「什麼監視器？」

「你白痴啊，就那天晚上的監視器。」林昆濱不悅的說道：「警政署現在要來調監視器了，想知道楊家那天在派出所的狀況，你就說剛好斷電，不知道為啥沒存檔就好，現在去刪，快點！」

「啊事情都已經敗露了，不給他們看嗎？」王碩彥忍不住提點了一下林昆濱：「說監視器不見，怕會更可疑吧？」

「要我講幾次，你白痴啊？現在媒體有的畫面，只是行車記錄器而已，那個很模糊，根本不能當證據，我這邊和督察組已經看了一整晚，你把監視器刪了，至少派出所裡的狀況沒人知道。」

這些官的思路都是一樣的，只要出事，先刪監視器再說，任憑你輿論怎麼炒作，沒監視器就沒證據，他可以根據狀況，再編一套說詞出來，等風頭過了，誰也無法追究。

但身在現場的王碩彥和小簡，是逃不了被送辦的命運了，畢竟他們確實犯了錯，沒有履行警察的職責，將小楊等人逮捕。

「快刪知道嗎，警政署要到了！」林昆濱喝斥道：「我等一下也會過去，你給我老實點！」

接著電話就掛斷了。

王碩彥和桌子那頭的柳定宇對望一眼，柳定宇問道：「你錄音了對吧？」

「沒錯。」王碩彥滿意的關上手機的錄音軟體：「這老傢伙還是忘了，我可是會捅刀的人。」

「那我們要刪監視器嗎？」柳定宇問道，他多少有聽到談話內容，林昆濱的口水都快從手機裡噴出來了。

「刪，為何不刪？長官的命令欸。」王碩彥戲謔的回答道，接著解釋：「刪了才能證明我們很無辜，受到上級壓迫。」

「原來是這樣啊？」柳定宇恍然大悟，接著自動自發的去操作監視器。

「這些長官的行為模式都一樣，出事了就刪監視器，我還沒遇過有哪個不刪的。」王碩彥呵呵笑道：「而且他還忘記要叫我們刪，那天他在一樓交代我們的話。」

「警政署會不會剛好看到那些？」

「看到就看到吧，反正剛剛分局長也沒叫我刪那部分喔，我也不知道喔。」王碩彥聳聳肩，又留了一手。

警政署協同東勢分局的人，很快就來了。

他們沒有向王碩彥問話，因為早就有太多人找王碩彥做過談話記錄了，他們直取二樓的監視器，連看都不看王碩彥一眼。

只有林昆濱在上樓時，狠狠的瞪了瞪王碩彥，要他安分點。

「沒畫面啊，那天晚上的畫面呢？」警政署的技術人員操作了一下監視器，很快就發現不對勁。

「喂，王碩彥！」林昆濱立刻將王碩彥喊過來。

「怎麼這兩天都沒畫面？」警政署的人朝王碩彥問道。

「啊？」王碩彥看了一眼，表示自己也不懂這些設備：「我也不知道欸。」

「你不知道？」技術人員納悶：「這兩天有人動過監視器嗎？」

「沒有啊，都好好的。」王碩彥回答。

技術人員又再操作了一下，確定找不到畫面，只得兩手一攤，作罷：「沒辦法，找不到資料。」

警政署的長官瞇起眼，看了看王碩彥，又看了看柳定宇，最後將目光放在分局長身上，貌似要罵人，結果只是意味深長的抱怨：「啊沒畫面也不會事先講嗎？害我白跑一趟！」

「對啊，你怎麼不先講？」林昆濱將矛頭指向王碩彥。

大家都在演戲，演一齣打迷糊仗的戲，警政署的人都當到這麼大的官了，又何嘗不知道監視器是被刪掉的，但現在他也不能說什麼，只是氣憤林昆濱的白目，讓他白跑了一趟山上。

林昆濱只能在心裡默默表示，要做戲就做全套嘛。

「你們自己看著辦，署長說過等等六點鐘要公布監視器畫面的，他已經答應了媒體。」警政署的長官沒好氣的說道：「你們兩個都出席，分局長，還有那個誰，那天處理現場的副所長。」他點名林昆濱和王碩彥。

「我也要去嗎？」柳定宇在旁邊悄聲朝王碩彥問道。

「沒你的事。」王碩彥回道，讓他別白目，但想想，也不能一直晾著他，還是有些中等難度的事情，可以派給他做，在這危急存亡之秋，可以順便試試他的勇氣，便說：「你等等去找楊隆平。」

「啊？找他做啥？」

「告訴他兩個重點，第一，你不會離開石坑，第二，你會把所有的案子查辦到底。」王碩彥交代道。

柳定宇眉頭深鎖，一貫的嚴肅表情。兩個重點他都聽不懂，他再過兩天就要被調走了，何來的不會離開石坑？王碩彥要他徹查的案子，又是什麼？

但他還是心有靈犀的問道：「我會留在石坑當所長的對嗎？」

「對。」王碩彥點頭。

「我能把所有不公的事情都查清楚對嗎？」

「對。」王碩彥再次點頭。

「那我明白了，我等下就去找楊隆平。」

「去找他做什麼？」王碩彥刻意問道，他必須知道柳定宇到底懂不懂。

「告訴他石坑有警察，石坑不是一個沒政府的地方。」柳定宇堅定的說道。

沒錯，王碩彥倍感欣慰，真是個聰明的孩子呀，他看著眼前的面龐，覺得自己這陣子以來的付出都值得了，沒有白費。

柳定宇必須單獨一人去見楊隆平，告訴他，誰才是石坑的老大。

王碩彥相信柳定宇做得到，這雖然只是個嗆聲，卻有十分重要的意義。東勢警察現在岌岌可危，楊家也並不好過，他們的身分與背景正在接受各界的檢視與撻伐。

不是每個人都像東勢的果農一樣被掐著脖子，民怨沸騰，社會大眾的眼睛是雪亮的，他們不受到楊家牽制，正虎視眈眈的盯著楊家，看國家如何處理這股勢力。

直到坐上分局長的警車，王碩彥才知道，署長等等要公布的監視器畫面，不在記者會上，而在立法院，也就是國會殿堂。

他們等會兒要面對的不是記者，而是立法委員；他們沒有要去哪裡，他們現在就要去國會所在的地方，台北市。

「什麼？沒有監視器？」手機內傳來咆哮聲，林昆濱就坐在王碩彥身旁，拿著手機不知道在面對哪個長官的責罵：「等一下你就給我親自上陣，去應付國會的質詢，我看你等等怎麼解釋！」手機裡的人罵道。

「是是是，對不起，我知道了……」林昆濱連連道歉。官大一級壓死人，林昆濱再怎麼呼風喚雨，出了東勢就啥也不是，即便面見了警政署長，還有比署長更大的立法委員在等他們。

王碩彥這才知道，自己這趟北上是必須的，身為當天在場處理的最高主管，他必須解釋清楚事情的經過，國會早就想召見他了。

輿論鬧得太大，讓這件事必須端進國會來解決。兩個小時過後，他們到達了台北，一下子就冒出了許多王碩彥從沒見過的大人物。

警政署長就不用說了，他還在國會的招待室看到許多熟悉的立委，以往只會在電視上看到，現在一個一個都在眼前走動。

等等要開的立法院常務會議，有半個小時的重點就在這起案件上頭。署長制服筆挺，該掛的星星、該扣的鈕扣一顆也沒少，讓王碩彥不由自主也趕緊整理自己的衣著。

「兩個重點。」這時，署長的幕僚走過來了，向林昆濱和王碩彥提示等會兒的質詢內容：「副所長，等會兒委員問什麼，照實說就是了，當天的經過是什麼，都照實說。」

「照實說嗎？」王碩彥問道。

「對。」署長的幕僚說道：「然後，監視器不見的事，你最好自己解釋清楚，解釋不清楚，就你們東勢自己擔。」他瞪著林昆濱說道：「反正我們這邊什麼也不知道，被砸的是你們，你們要是回答不好，分局長就換人，就這麼簡單。」

「收到。」

「嗯，收到。」林昆濱和王碩彥都只能點頭。

結果那個幕僚一走，林昆濱的臉就垮了下來：「還什麼都不知道？撇得一乾二淨啊。」

「確實他們什麼都不知道啊。」王碩彥說了句公道話。

「我他媽我也什麼都不知道啊，還不是被你害的！」林昆濱大為光火，他在分局快快樂樂的開治安會報，罵柳定宇，怎麼派出所突然就被砸了，他也很無辜啊：「你娘的，你等等要是敢照實說你就死定了。」

「不然我要怎麼說？」

「一樣兩個重點。」林昆濱沒好氣的給王碩彥交代道：「第一，當天沒員警受傷，電腦也沒壞；第二，雙方只是口角糾紛，沒有重大肢體衝突。」

「那監視器呢？」王碩彥問道。

「監視器就說不見了，系統壞掉，沒錄到，隨便。」林昆濱意興闌珊的說道。

「話說，怎麼一直沒見到局長的蹤影啊？局長都不用來應詢嗎？」王碩彥問起了這件令他匪夷所思的事情。

所謂局長，就是台中市政府警察局局長，是林昆濱的頂頭上司，若不區分地方與中央，層級關係應該是這樣子的：警政署長→台中市局長→東勢分局長→石坑所長→王碩彥。

但可以見到在整起事件中，台中市的警察局長都沒有出現。

「你白痴啊，局長和署長有過節你不知道？」林昆濱不客氣的說道：「他們不同台的，就算應詢或召開記者會，也都是分開的，早上局長有來國會，後來就換署長來。」

你們這些高官的鬥爭，我怎麼可能會知道？王碩彥在心裡嘀咕。

但他還是問：「局長敢和署長有過節喔？」

「怎麼不敢？你都敢和我過不去了。」林昆濱諷刺道：「而且署長快要退休了，影響力大不如前，現在又快要選舉了，各個局長有各自的盤算，要站對黨派，選舉後才有蛋糕吃。」

王碩彥沒再問下去了，這些細節連他都聽得頭痛，在此關頭，這些大長官們都還各懷鬼胎，而不是想著如何幫東勢平息紛爭。

很快的，常會開始，王碩彥跟著林昆濱進入議場，在排定的區域坐下。但他們並沒有坐得太久，因為東勢的風波被列在第一順位，警政署長很快就被叫到質詢台去，站在內政部長身旁應詢。

偌大的議會廳，看起來莊嚴，人卻沒有很多，座位很空。王碩彥記得立法委員有一百一十三人，現在看起來還不到六十個，不到一半。

「署長，監視器呢？」某個立委開始在台上追打這件事：「不是說六點要交出派出所監視器？我們國會這邊沒有收到啊。」

「報告委員，監視器出了點問題。」警政署長走到麥克風前，面對質詢。

「什麼問題？」

「沒錄到。」

「沒錄到？」立委一隻眼睛瞪大：「沒錄到是啥意思？」

警政署長可不願蹚這渾水，他朝林昆濱招手，讓他過來處理。

「你回答我啊，不是說要在六點交出監視器！」立委問道。

「我這邊請東勢分局長回答。」署長說道。

「我不用他回答，我現在質詢的是你，署長。」立委暴跳如雷：「現在請交代監視器在哪裡？」

「派出所那裡沒有錄到當天的影像。」林昆濱接過麥克風說道：「機器好像故障了，有請警政署的技工處理，正在想辦法還原。」

「沒有人在問你！」立委拿起手上的紙，朝他砸過去：「你們當我白痴嗎？署長，警察單位的監視器可以說沒錄到就沒錄到？」

「呃，很抱歉，委員，我們這邊根據東勢的說法，應該是機台出問題，沒有錄到畫面。」署長順著林昆濱的話說道。

「公然撒謊！」立委指著他罵道：「無恥至極！平時監視器好好的，一出事就故障，你當人民是傻子？」

「我們這邊會再請資訊室進行勘驗和復原。」署長回答。

「什麼叫勘驗和復原？可以復原嗎？你回答我！」

「我不能確定。」

「不能確定的東西你說什麼啊你！」立委再次砸紙：「請法務部扣押派出所的監視器，你們要是說謊，你要不要下台？」

「我們這邊聽從法務部的意見喔，法院要求什麼證據，我們全力配合。」

「沒人要聽你這些鬼扯，告訴我監視器畫面去哪了！」

「監視器目前在派出所。」

「你是故意要浪費我質詢時間嗎？我還不知道監視器在派出所？」立委受夠了署長的賴皮，終於讓他滾一邊去，換質詢林昆濱：「分局長，監視器什麼時候壞的？」

「這個……我要問一下我們同仁……」林昆濱眼神瞄向座位上的王碩彥。

「不要再換人了，我不是請一個總機來！」立委大罵：「監視器什麼時候壞的？幾年幾月幾號？說清楚！我們不是每年都會檢修嗎？」

「我這邊了解一下。」林昆濱趕緊將王碩彥喚過來，把麥克風堵到他手上。

「呃，大約是在兩天前失靈，我們查看的時候，只錄到前天早上六點。」王碩彥不得不回答，面對台下的眾人，手心出汗。

「就這麼巧？兩天前失靈？」立委攤手，兩眼瞪得有牛眼那麼大：「說謊要怎麼辦？說謊的人要不要下地獄？部長，你出個聲音啊，監視器不見像話嗎？你們署長中午怎麼說的？他說六點鐘會交出來，東西呢？」

內政部長接話道：「這個確實我們要了解一下。」

「馬上扣押機器，現在！」立委怒道，讓法務部立刻去執行他說的動作：「我不相信你們警察的話，紀律敗壞，和黑道勾結，現在連監視器都敢藏起來！」

「委員，注意你的言詞喔，我們沒有你講的那些情節。」署長不慍不火的說道。

「還沒有？好啊，來，投影片放出來。」立委指示下面的助理操作電腦，大大的螢幕上頓時出現周刊提供的照片，是林昆濱和某個男人吃飯的照片：「這是不是你們東勢分局長？」

「是的，沒錯。」署長平靜的點頭，然而一旁的林昆濱，看到自己的照片被秀出來，嘴唇可是僵到不行。

「這人是誰？」立委用雷射筆在螢幕上畫圈：「楊盛泰，太湖幫龍虎堂的黑道喔，榜上有名，就是之前在酒店教唆殺人的那個角頭。你們分局長看起來和他交情不錯嘛？還一起吃飯？」

林昆濱臉都綠了，趕緊回答：「我和他只有一面之緣，是在餐敘上剛好合拍照片。」

「一面之緣？分局長，你確定要我繼續放下去？」立委威脅道，顯然是有備而來。

這個楊盛泰，王碩彥自然聽過，是台中市有名的黑道，楊家大房的成員，楊隆平的親弟弟。之前提過的，楊家三合院是一片淨土，並不存在什麼台面上的黑道，真正會上新聞的黑道都進城市裡去了，只有楊隆平這些頂層利益人士，留在祖先的根據地居住。

林昆濱可以和楊隆平親近，但像楊盛泰這種明面上的大黑道，他們警察是很忌諱的，現在不比以往，年代不一樣了，他們不再敢堂而皇之的和這種敏感人物交際。

「怎麼？你跟楊盛泰是什麼關係？」立委繼續追問：「人家說你分局長和黑道關係良好啊，才不敢辦這些人，警紀現在如此敗壞嗎？」

「委員，我們就事論事，監視器我們會請技術人員還原，如果地檢署要扣押，我們也配合。」林昆濱說道，終於願意談正事了，企圖轉移注意力。

「就事論事，我就跟你就事論事啊，為什麼不辦這些人？一般百姓闖入派出所，可以這樣放他走嗎？」立委說道：「還把黑道找來握手？你是人家的看門狗嗎？」

「請注意你的言詞喔，委員。」

「我已經很注意了，我都還沒罵你是畜生！」

哇，這話說得真是讓王碩彥大快人心，通體舒暢，平時囂張翻天的林昆濱，原來也會有這麼落魄的時候啊？

雖說立法委員在議會中有言論免責權，但這番話也有些過火了，被議長給敲槌子制止。

「聽說副所長來現場了是吧？終於來了嗎？」立委氣得七竅生煙，不想再和這些官僚五四三，便將目光放到王碩彥身上：「我時間不多喔，副所長你描述一下，當天到底發生了什麼事？那些黑衣人到底有沒有打警察？」

王碩彥看了看署長，再看了看分局長，那兩人卻都板著臉不表態，顯然已經盤算好了各自的路，不管王碩彥說什麼，他們都有辦法全身而退。

這不要緊，王碩彥早就連他們臉上的一根毛都不信了，剛才林昆濱所交代的事，他也當沒聽過，反正這些人肚子裡都一股壞水。

「那天發生的事，就大概和媒體描述的一樣，完畢，謝謝。」王碩彥只說了這麼一句，然後就退後，不講了。

「蛤？」立委傻眼：「你可以講清楚一點嗎？」

署長和林昆濱也滿臉疑惑，紛紛看向王碩彥，讓他多講一點，不然太尷尬了。

「就跟影帶描述的一樣，謝謝。」王碩彥講了一句，又退後。

「這就是你們從台中請上來的副所長？」立委攤手，不明所以。

「多講一點啊，副所長。」署長忍不住出聲了：「把當天發生的事情描述一下，委員想知道。」

「你就講。」林昆濱也說。

「就跟影帶描述的一樣，謝謝。」王碩彥再次耍白爛，就是要激怒眾人。

「不是啊，影帶描述的是怎樣？你倒是講啊，這就是你處理事情的態度？」立委非常生氣，轉頭望向署長和分局長：「當天在現場的，就是這種素質的警察？」

「王碩彥，你給我好好講話。」林昆濱也生氣了，朝王碩彥悄聲罵道。

「你確定要我好好講話？」王碩彥平靜的回道。

這下林昆濱愣住了，他額頭冒出兩滴汗，他知道以王碩彥的水準，不可能這樣回答立法委員，鐵定是有什麼不好的盤算。

「我請求先休息，委員。」王碩彥舉手說道：「我感覺受到壓迫。」

「什麼壓迫？」立委順著他的話，敏銳問道：「剛才東勢分局長跟你說什麼？他壓迫你了嗎？」

「是的。」王碩彥點頭。

「王碩彥你不要給我亂講話，這裡是國會。」林昆濱捏住王碩彥的腿，悄聲罵道。

署長也面色略驚，雖然這事不至於燒到他身上，但王碩彥可說是打亂了所有人的陣腳，沒人知道他想幹嘛。

「是東勢分局長壓迫你嗎？」立委看了看稿子，確認對方的名字：「林昆濱壓迫你嗎？他壓迫你什麼？他逼你不辦那些人嗎？還是逼你刪除監視器？監視器到底去哪裡了？」

林昆濱嚇得尿都快閃出來了，如果是一個普通人亂講話，他還不至於那麼怕，他大可以否認到底，但他就怕王碩彥其實沒刪除監視器，或者將他倆的對話錄音了，他當官這麼多年，哪會不知道這些事情？

事實上，王碩彥也確實這麼做了。

「我請求先休息，我需要冷靜一下，等會兒再回答委員的質詢。」王碩彥說道。

「同意。」立委二話不說就答應了，向立法院長提出申請：「院長，我先保留我的質詢時間，等幾個議事表決完，再來討論這件事。」

「同意。」立法院長也允許了，並向王碩彥問道：「需要為你提供獨立的休息室或協助嗎？」

「對啊，要不要先和我談談？」立委也問道。

「都不用。」王碩彥卻搖頭，並拋出一個令眾人匪夷所思的請求：「我想和分局長單獨聊聊。」

「他壓迫你你還要跟他單獨談談？」立委跌破眼鏡，表示不安：「你確定？」

「對。」

就這樣，王碩彥和林昆濱暫時先離開了議場，林昆濱跟在王碩彥身後，嚇出了一身冷汗，彷彿王碩彥才是分局長，而他只是個隨從一樣。

警政署長仍留在現場，要回答其他議事問題。他望著兩人的背影，也略顯不安，暗地裡詛咒兩人，最好不要搞出什麼岔子，否則他不會讓他們好過的。

第十三章

「分局長，你死定你知道嗎？」

休息室裡，只有兩個人，王碩彥和林昆濱。

王碩彥一改方才那副木訥的模樣，如沐春風的坐在椅子上，對站著的林昆濱露出一抹壞笑，彷彿在打量盤中的獵物。

「王碩彥，你到底想幹嘛？」林昆濱戰戰兢兢的問道。

「我想你也猜到了吧，我把你叫我刪掉監視器的電話錄音了，等等交給國會，你麻煩就大了。」

「所以你想幹嘛？威脅我？你想要什麼？」林昆濱又慌又氣，氣在自己實在太粗心，竟然犯了這種致命錯誤。

他不是沒想過這種狀況，只是這件事上升得太快，不過一剎那工夫而已，他竟然就在國會裡罰站了，電視還撲天蓋地的放著他們的新聞，有如雷劈一樣，倒楣至極，根本來不及反應。

他就不該要求刪除監視器的，現在這種狀況，刪不刪根本沒差，但，誰叫已經成了一種反射動作呢？

「你說啊，你到底想要什麼？我都已經自身難保了，我是能給你什麼？」林昆濱真的是越想越氣，越想越委屈：「奇怪，我到底是哪裡惹到你了？我在東勢待了四年多，也沒跟你有什麼過節啊？是為了那個柳定宇嗎？」

「不完全是。」王碩彥看著天花板，緩緩道出自己這幾個月以來的心路歷程：「但我有點厭倦現在的生活了，是柳定宇出現，才讓我發現，其實還有這麼多該做的事。」

「該做的事？」

王碩彥並不是一個沒能力的警察，但他卻渾渾噩噩了將近十年，直到柳定宇到來，他才找到了一點生活的重心。套句劉矮山說的，好幾年的勞動額度，都因為柳定宇的關係，在幾週之內耗盡了。

但這樣子的耗盡，卻帶給王碩彥一股久違的、難以言喻的滿足感。他將黃立德逮捕上銬時的金屬觸感，把他帶回年輕的時候，他是一個警察，就該做點警察的事。

「我要求把楊家的人抓起來。」王碩彥說出他的條件。

「啥？楊家的人？」林昆濱還是聽不懂：「不是已經送辦了嗎？楊家那群混混，該做的筆錄，已經送法院了啊？」

「我不要只抓那些人，我要抓，楊，隆，平。」

林昆濱睜大眼，搖著頭，想離開這房間了：「你瘋了，王碩彥。」

「我沒瘋，從他殺了黃立德的那一刻，我就想抓他了。」王碩彥不避諱的說道：「只要楊家囂張一天，我就一天不自在。」

「我警告你，話不要亂講。」林昆濱伸出手指讓他閉嘴：「楊家不是你能招惹的，他們的勢力遍布政、商、法界……」

「哦？既然這麼厲害，我怎麼看剛才立委完全沒在怕，還把楊隆平他老弟的骯髒事直接搬出來講？」王碩彥打斷他，高聲的點醒他：「一山還有一山高，離開台中市，他們什麼也不是。楊家再厲害，也不過出幾個地方議員而已，擁有個樹頭公廟，還真就以為自己飛天了？」

「至少我還得在台中混！」林昆濱嚴厲的說道：「我老家就在東勢，你要動他們，就是在動我的根。」

「你可能不會在台中了欸，假如我將這些錄音放出來。」王碩彥打開了手機，播放起他搜集到的，林昆濱的把柄：

> 辦個屁，那些是樹頭公的人，要怪就怪這個王八蛋！我會請楊家四房，楊議員來處理，讓他跟大房說一聲，叫那些小混混道個歉，順便再喬媒體，一切好辦事啦，都自己人。

刺耳的聲音，全是林昆濱說過的話，這要是流到國會手上，恐怕就坐實了警紀敗壞的事實，到時候會有大批的人遭殃，不僅警界會大地震，楊家的四房也不用選議長了，依現在累積的民怨，怒火甚至可以把他下屆的議員票數都燒掉。

「就算這樣，你以為我就敢動楊隆平嗎？」林昆濱講得很大聲，已經失去了理智，也沒有一點身為警察首長的威嚴了：「楊家隨便派一個出來都是台中的大黑道，楊盛泰，太湖幫的，你也聽到了，你要我拿身家性命去賭嗎？」

「唉唷，我有沒有聽錯？警察怕黑道？這是一個分局長該講出來的話嗎！」王碩彥說著說著，竟直接就暴怒了：「你還要不要臉啊？我們現在人在首都，你現在走出去看看，警政署長就在那裡，你在怕三小！」

「我家人都在東勢，我就算不擔心自己，也要擔心他們吧……」

「媽的，你給我看看你胸前的星星，你這樣還算是個警察嗎？」王碩彥拍桌，竟在林昆濱身上看到了劉矮山怯懦的影子，他無比憤怒：「台灣的治安還沒那麼敗壞，敢有人去殺分局長的家人，你給楊隆平端茶的時候，自己都不覺得羞恥嗎？」

「……」

「你叫我刪監視器，叫我們不要辦楊家人，這些錄音就算沒流出去，我告訴你，你現在也沒辦法安全下馬了。人家立委要查監視器，已經讓地檢署去扣押了，硬碟裡面刪除的東西是可以還原的你知道嗎？」王碩彥曉之以理，並比著外頭：「署長和部長都站在那裡了，已經動用到國會層級了，你還覺得你有辦法用你東勢的方法搓湯圓搓掉？」

「這些我當然知道……」林昆濱面色複雜的說。

「所以你已經準備好丟官了？」

林昆濱沒說話，當然不願意了，誰會願意失去分局長的大位，跑到新的地方重新適應、重新開始？這一輪被踢下來，他這輩子大概無法再重回分局長的位置了，警界非常講究乾淨的履歷，要成為縣市局長、督察長，甚至是署長，都必須沒有黑歷史。

林昆濱這回和黑道沾上了邊，恐怕一直到退休都只能當個跑腿的，不會再被提拔了。

「只有一個方法可以救你，保住你的官位。」王碩彥搬出了他按捺已久的結論：「那就是嚴辦楊家的人。」

「為什麼？」林昆濱聽不懂了，王碩彥不用錄音威脅他就不錯了，為何處理楊家人可以保住官位？

「你要想擺脫和楊家人的嫌疑，不被懷疑包庇，就是澈底查辦他們。」王碩彥平靜的說道：「你必須向黑道宣戰。」

「……」林昆濱瞬間茫了。

「聽著，分局長，這不是不可能的。」王碩彥開始向林昆濱解說細節：「東勢的人全都痛恨楊家人，只要你決心要處理，全世界都會幫你的，你打開電視，你現在打開手機看看，全都是在罵楊家的聲音，週刊還調查到楊家長期把持農會的事情，你要想解決這幫勢力，只剩這千載難逢的機會了。」

「等等，可是……」林昆濱有點混亂，他極力不被王碩彥帶著走。

「只有向黑道宣戰，才能證明你的清白，不然你等等就準備被立委弄死吧。」王碩彥說道：「你知道嗎，我送了你一份大禮物，就是那九起刑案，那些刑案全是楊家人幹的，不管是下毒還是偷東西，我要你把它們設成關聯性案件，是同一個凶手幹的，屬於重大刑案，你等一下就在國會上報告，說這一千闖派出所的傢伙，就是台中最大的黑道勢力，楊家。你會報請檢察官指揮，連同所有的刑案，由東勢分局全權負責，朝組織犯罪條例偵辦。」

「然後呢？」林昆濱還是一臉恍然。

「然後我會承認是我勾結了楊家，在他們襲擊派出所的那一晚，包庇他們，放他們離開。」王碩彥坦然說道，他腦子裡早就想好要親自揹這個黑鍋了，畢竟當時沒採取作為，是他的錯：「國會只能採信我的說詞，因為當時確實只有我和另一個警員在場，劉矮山是喝醉的，而且下班了，不算。這筆帳，就讓我和另一個警員來揹。」

「然後呢？」林昆濱繼續問，眼神變得清晰起來。

「然後你如果同意，我現在就打電話，讓柳定宇把派出所的監視器硬碟泡水、砸毀，在地檢署的人抵達之前，澈底消滅證據，到完全無法復原，他們扣押也沒用。」王碩彥拿出了他的壓箱底：「柳定宇只聽我的話，我說什麼他都會照做，你就再也沒有把柄了。」

「然後呢！」林昆濱一時之間沒忍住，激動的站起來，兩眼發光：「然後我不僅沒事，還升官了！我他媽做了一個直轄市的大掃黑行動！連局長都做不到的！」

氣氛霎時變了，林昆濱原本以為，王碩彥所言，只是虛無縹緲之談，沒想到卻漸漸的勾勒出一個嚴謹且實際的結構，可以澈底改變他的劣勢，完全聽不出破綻。

「我說了，只要你想做，全世界都會幫你的。」王碩彥冷冷的說道：「只要你在國會宣示要動楊家，就沒人敢動你，把你調走，因為那等於是在對號入座。輿論當前，沒人敢這麼幫楊家。」

「想不到啊！」林昆濱扶住王碩彥肩膀，大喜，以他的年紀還有資歷，早已沒有向上晉升的機會，但誰不想升官呢？偏安一隅只是自我安慰，若有更好的安排，誰能拒絕呢？

「想不到啊，那些刑案不僅是我的保命符，還是我的跳板！」他再次觸碰王碩彥，滿臉發光，彷彿跟見了神明似的：「唉唷，你怎麼只是個警員啊？可惜了，你怎麼只是個警員啊？你應該來當我的副分局長的，我應該把你帶著到處跑才對呀！」

王碩彥別過頭去，覺得想吐：「我勸你快點決定，地檢署的人馬上就要到石坑所了，你要給柳定宇時間銷毀監視器。」

「啊對對對，我答應。」林昆濱連連點頭，卻又皺眉，覺得不太對：「但柳定宇怎麼辦？他可是你的小寶貝啊，湮滅證據的罪很重欸？」

「可以不要再用那噁心的說詞了嗎？」王碩彥推開林昆濱，真不知他是哪個開關被打開了，一有機會升官，就整個人發瘋了：「監視器被砸爛，當然也是我來擔，又沒人知道是柳定宇砸的。」

「對對對，你最聰明，什麼都想好了。」林昆濱心花怒放，彷彿成功已近在眼前：「所以我等一下要怎麼說？宣示？宣戰？要跟黑道拚命到底？」

「你活了這麼大把年紀，當官當這麼久了，吹牛不是最會了嗎？」王碩彥諷刺道，並撥了撥身上被他摸到的地方：「就是把責任都推到楊家頭上，說闖入派出所要嚴懲不貸，握手言和只是誤會，被我出餿主意騙了，都是我和楊家的錯。然後重新強調下毒的事情，最好也說說黃立德的死，順道把楊家幹過什麼骯髒事都抖一抖，大家的注意力就會被轉移了，我會配合你的。」

「好好好，就這麼辦。」林昆濱喜孜孜的說道，但樂在當頭的他，也精明的注意到一件不尋常的事情：「不對啊，凡事都有對價關係，你為什麼要這麼做？為什麼要揹這個黑鍋？你想得到什麼？」

「我要你保柳定宇。」王碩彥回答。

「蛤？」林昆濱不解。

「我說我要你保柳定宇。」

「不是啊，這對你有什麼好處？」林昆濱還是不懂，只要是常人都不懂：「他是你的誰？還是你有別的要求？」

「他不是我的誰，我也沒有別的要求，我就要你保柳定宇而已。」王碩彥不願再透露更多，他越說越慢，每個字都越來越清楚：「我要你取消對他的調職，當晚在派出所的只有我，他有理由可以不受罰。我要他繼續當石坑所的所長，而且未來，請你提拔他，不管你調去哪裡，只要有你在台中，你就要重用他，明白嗎？」

「喔……」林昆濱嘀咕著，愈發好奇，這兩人莫不是有什麼不尋常的關係吧？私生子之類的。

「我問你明白嗎？」王碩彥再次問道。
「明白啦！」
「那就好，要是他有什麼三長兩短，我會回來找你的，不管被調得多遠。」王碩彥泛著冷光，警告道：「你知道我做得到。」
「呃，好……」林昆濱被這話給驚醒了一大半。
眼前的男人可是有辦法將他弄到國會這個處刑台的，還差點把他斷頭，林昆濱自是不敢大意，他從不知道，原來自己所在的東勢分局，竟隱藏著這麼一位神祕人物。
立法院常會結束，期間爆發了一個焦點話題，飛快的被流傳到了各大媒體版面。
東勢分局分局長，向台中楊家宣戰了。
派出所遭闖之事，在國會得出了一個合理的解釋，是副所長包庇了小混混們，因為和小混混有私情，所以當晚放走了他們，沒有按規定處理。
副所長也沒有照實向上級回報，導致上級做了錯誤的決定，和混混們和解，甚至刪除監視器。分局長因此震怒，嚴懲王碩彥，並表示會將不法之徒徹查到底；分局長透露了，這群惡霸已在當地橫行多年，警方已經掌握了相關證據，朝組織犯罪偵辦。
離開國會後，林昆濱當即借用警政署的場地，召開記者會。他表示，近期轄區內發生連環竊案，甚至有大片的果園遭毒死，這一切都和當地黑道脫不了關係，他將協同刑事警察局展開一場「除暴掃黑大行動」，追究到底，絕不寬貸。

警政署長、刑事局局長都表示強烈支持，台中市警察局也跟進，調動刑警大隊支援，並在全市針對所有的黑道堂口進行強力掃蕩。但林昆濱才不傻，他沒讓市警局或其他單位介入，他們東勢自己就有能力解決，他不會讓這塊到手的肥肉飛走。

掃黑行動如火如荼的展開來，配合媒體輿論撲天蓋地的炒作，楊家霎時成為眾矢之的。過去的種種惡行全被揭發，什麼罷據農會、賤價壟斷、扶持黑道、違法經營色情酒店、綁樁買票、侵佔國有地，連樹頭公廟都被懷疑是違章建築，動用市政府前來查處。

王碩彥還是那句老話，世界很大，楊家出了台中就啥也不是。站在光明處的人並不會比較吃虧，警察就是警察，警察說要查，在這關頭上，你楊家敢放一聲屁嗎？

「副座，你真的要走嗎？」

石坑派出所，二樓，王碩彥正和柳定宇單獨待在所長室內。

王碩彥在收拾東西，從所長桌的幾個抽屜中，拿出他的警帽、哨子，以及一些陳年物品，甚至還翻出了一雙舊雨鞋，滿滿都是他在東勢的回憶。

調令沒變，他今天就走，身上還卡了一堆湮滅證據等等刑案，只有柳定宇安然無恙，將留在石坑所繼續當所長。

「可是，我真的很難接受，為什麼走的是你？揹鍋的也是你？」柳定宇五味雜陳的說道，雖然知道前因後果，但該難過的還是會難過。

「這裡註定容不下我，你來之後，我才發現這件事。」王碩彥抬起頭，淡然說道：「去城裡好，我還是比較喜歡有事做。」

「可這也太不公平了，這樣的結局。」

「警察的世界從來就沒有公平，只有平衡。」王碩彥笑道：「你要記得我講的，兩個禮拜後，帶盒人參，到後山去找楊隆平和解。」

大夥兒沒聽錯，王碩彥就要柳定宇去和楊家和解，這才是生存之道。

他是要弄楊家沒錯，但沒要把人弄死，一旦逼急了，誰都會狗急跳牆。楊家已經垮了一半，二房的農會遭質疑，四房的議員難以連任，楊隆平他爹，楊茂昌一把年紀了還被約談，王碩彥親眼看到他吊著點滴走進警察局，身旁有三個看護攙扶，真是晚節不保，令人唏噓呀。

給人留點後路，總是好的，再說楊家的勢力仍在，風頭過後，過去怎麼辦，以後依然仍那麼辦。

林昆濱也明白這個道理，他所發動的掃黑行動，也只抄到大黑道楊盛泰那裡而已，沒有再往上抄了，能把楊盛泰送辦已經夠本了。

黃立德的命案，就是楊盛泰底下的堂口小弟幹的，為了幫楊隆平出氣，殺手還特地上山，只為了處理一個流浪漢，說起來其實也很不值得。

這樣的結果已經很令王碩彥滿意了，果然沒有警察不能破的案件，只有不想破的案件，你看，這不就找出殺害黃立德的真凶了嗎？

「林昆濱會升官的，到時候他會帶你走，而在那之前，你還是和楊隆平和解一下比較好。」王碩彥交代道：「楊隆平會接受的，大家都是明白人，他要想繼續在東勢立足，就得重新和警察打交道。」

「我這樣算贏得尊重了吧？」柳定宇問道。

「你覺得呢？」王碩彥挑眉。

柳定宇並沒讓他失望，王碩彥北上面對質詢的那天，柳定宇單槍匹馬踏進了楊家三合院，並見到了楊隆平。王碩彥就不講他們過程中談判了什麼，反正，柳定宇在樹頭公廟釘上了巡邏箱，顛覆「裝巡邏箱會倒楣」的迷信傳言，把石坑所的勢力範圍延伸進了三合院裡。

「我走後，你要趕緊決定新的副所長人選。」王碩彥提醒道：「現在只剩下四個人，分局是不會補人的，你要等到明年，才會有新人進來。劉矮山和潘韋翔之間，你選一個吧。」

「呃。」柳定宇面有難色：「我可以都不要嗎……」

「總是得選一個，就劉矮山吧，他比較好搞一點。」王碩彥建議道：「反正不管選誰，事情你都要自己做，記得排班不能交給劉矮山，他會一直讓自己休假。」

「……」柳定宇沉默不語，他關心的才不是什麼副所長呢。

「好啦，天下沒有不散的筵席，人生就是一直不斷的分分合合。」王碩彥拍拍他的肩膀，看穿他的心事說道：「以後你會遇到更多不同的人，有的讓你敬佩，有的讓你不齒，有的會害你，有的會幫你。」他笑道：「有趣的事情還多著呢。」

「你走了我真的不知道該怎麼辦，我怕我一個人做不了。」柳定宇望著他說。

「你可以的，我已經把一手好牌交給你了。」王碩彥開玩笑的說：「我們都知道這牌一開始有多爛，花色、數字都湊不齊。」

柳定宇被這話給逗笑了，一路走來，他和王碩彥飽經風霜，箇中滋味只有他們兩個最清楚。

王碩彥瞥了一眼在角落紙箱睡覺的小貓，沒錯，就是黑、白、橘那三隻小貓，沒想到瘦弱的牠們能活到現在。

王碩彥不只一次夢到，小貓們被人掐死，就像那晚，樹頭公廟被毒死的野貓一樣，陳屍在派出所門口，作為警告。但小貓們活下來了，毛色鮮豔，光澤亮麗，吃好睡好，肚子圓滾滾，睡得底朝天，流露出安詳幸福。

王碩彥希望柳定宇也能如此平安健康，長長久久的活下去，並且保持他的初心。

就這樣，王碩彥提著行李，離開了石坑派出所，這個他待了將近十年的地方。

接應他下山的，是一台漆黑發亮的豪車，駕駛員穿得西裝筆挺，戴著墨鏡，專業有素。這不是計程車，也不是Uber，這是一個來自遠方朋友的小誠意。

「辛苦了，碩彥。」電話中，傳來了孫老師的聲音。

「可真是折騰死我了。」王碩彥忍不住向對方抱怨，頭靠在窗邊，一面看著風景，實在難以客套：「您給的任務比我預想得還困難多了，差點沒把我搞死。」

「呵，那是你，你總是能把事情搞到最複雜。」孫老師笑道。

她的聲音乾脆，卻帶著一股沉穩雄厚的底，她不是那種會在會議桌上咄咄進逼、光彩四射的女強人，卻是那種能安靜啃掉一頭大象的狠角色。

「如果妳要答謝我，就告訴我一件事吧。」王碩彥覺得自己所付出的一切，夠資格請求一個人情，便問道：「這個柳定宇到底是誰？我查過，他是單親家庭，媽媽很單純，娘家也沒看到有什麼親戚是大官，妳為什麼要幫他？」

「你不是說對一半了嗎？」孫老師暗示道。

「難道？」王碩彥皺眉：「他爸是誰嗎？」

柳定宇的父親，王碩彥並沒有查到資料，戶籍上顯示是非婚生子女，也就是說，柳定宇是個父不詳的孩子，究竟他爹是誰，估計只有他媽知道。

「他爸是下次地方選舉要成為直轄市市長的人物，所以，不方便露面。」孫老師向王碩彥透露了這個祕密：「你可別對任何人說啊，我是相信你才告訴你，這是連他競選團隊都不知道的內幕。」

「我當然不會說。」王碩彥心中大驚，立刻承諾，並看了前方的司機一眼，確認他聽不見他們的談話內容：「那柳定宇知道這件事嗎？」

「當然不知道，只有柳定宇他媽，還有市長本人知道這件事。」孫老師回答道，言詞之間已經認定口中這人能夠當選市長了：「市長其實很想認這個私生子，但他母親不願意，我告訴你這件事是因為，市長知道是你幫助了他的兒子，他會記得你的。」

「我、我不用他記得我啦。」王碩彥趕緊推托道，他可承受不起：「我也只是要報答妳的恩情，畢竟妳也幫過我。」

「反正市長會記得你的，他知道你所有的付出。」孫老師意味深長的說道：「你身上背負的那些案件你放心，等風頭過去，它們會自動消失的。」

「柳定宇呢？我走了以後，他會沒事吧？」王碩彥依然掛念這件事。

「你都替他打點好了一切，還能有什麼事？」孫老師苦笑：「身為市長的兒子，他最好有點出息，不要白費了大家的苦心。」

車子又蜿蜿蜒蜒的駛了一陣子，終於擺脫窄小的山路，進入市區，四通八達的康莊大道映入眼簾。

「接下來呢？你有想去哪裡嗎？」孫老師問道。

「哪裡都可以嗎？」

「哪裡都可以。」

「我想回台北市。」王碩彥沒有猶豫的脫口而出：「回去我以前的地方看看。」

「哪個單位？」

「板橋分局。」

「那是新北市。」孫老師笑道。

「都一樣啦，都是台北。」王碩彥揮揮手說道：「讓我回板橋分局偵查隊。」

「唉，你的想法我永遠不懂呀。」孫老師說：「你現在說要調到雪山、調到警政署、調到警察學校當教官，派令馬上就會准你知道嗎？你什麼地方不去，偏偏選了這麼個刑警隊。」

「刑警這行跟我有不解之緣妳知道嗎？」

「我看是孽緣吧？」

「對，是孽緣。」

王碩彥和孫老師談笑風生。

猛然回頭一看，東勢那片翠綠已經遠遠的離開了王碩彥，瞇起眼，只能望見模糊的一條線，掛在天際的邊緣，佔不到這晴空萬里的千分之一。

王碩彥會懷念的，懷念那座陰雨綿綿的山。

（本集完）

要推理101　PG2698

要有光 FIAT LUX

警察執勤中：
宣戰角頭

作　　者	顏　瑜
責任編輯	喬齊安
圖文排版	陳彥妏
封面設計	王嵩賀

出版策劃	要有光
發 行 人	宋政坤
法律顧問	毛國樑　律師
印製發行	秀威資訊科技股份有限公司 114台北市內湖區瑞光路76巷65號1樓 電話：+886-2-2796-3638　傳真：+886-2-2796-1377 http://www.showwe.com.tw
劃撥帳號	19563868　戶名：秀威資訊科技股份有限公司 讀者服務信箱：service@showwe.com.tw
展售門市	國家書店（松江門市） 104台北市中山區松江路209號1樓 電話：+886-2-2518-0207　傳真：+886-2-2518-0778
網路訂購	秀威網路書店：https://store.showwe.tw 國家網路書店：https://www.govbooks.com.tw
總 經 銷	聯合發行股份有限公司 231新北市新店區寶橋路235巷6弄6號4F 電話：+886-2-2917-8022　傳真：+886-2-2915-6275

出版日期	2022年8月　BOD一版
定　　價	320元

讀者回函卡

Printed in Taiwan

國家圖書館出版品預行編目

警察執勤中：宣戰角頭/顏瑜著. -- 一版. --
臺北市：要有光, 2022.08
面；　公分. -- (要推理；101)
BOD版
ISBN 978-626-7058-38-1(平裝)

863.57　　111010194